文芸社セレクション

# 銀河夜話

葉月 綾子
Hazuki Ayako



文芸社

# 目次

# 登場人物紹介

## オケアニスの液体型生命体（オーシャン）

シアン………将来ビッグ・フォアと関わることになる少年
カスタリア……その妹

## カロンの人間型生命体（カロン人）

ヴィオレ………大学教授
ペンナ…………高校教師
ピオン…………宇宙平和団体【レジェ】の会員になった少女
ビアンカ………探偵　元刑事
ケイル…………ビアンカの同僚
ジュジュ………ビアンカの同僚　元フォーヴ
カルボス………ビアンカに娘の捜索を依頼した父親
カーラ…………カルボスの娘

フォーヴの獣人型生命体（セリアンスロープ）

ロイ…………ビッグ・フォアの白虎

テスタ………玄武

ミラ…………朱雀

デューク……青龍

ゼノ…………ビッグ・フォアを育てる正体不明の存在

# 銀河夜話

これは宇宙のおとぎ話である。

# ティエラ銀河系　オケアニス

## ナイアス

「お父さまがお戻りになりました」

「お友達のみなさんも？」

「はい。みなさん全員ご無事です」

「よかったこと。もうティエラへは行ってほしくないわね」

「そうよねえ。あの星に行かれると気苦労が絶えないわよね」

「でもこの銀河系ではカロン同様、旅行先には最適の星と習いました」

「そりゃまあ旅行できるヒマがあればねえ」

「シアン。カスタリアを連れていってちょうだい」

「いやよう！　もっとお話聞かせてお母さま！　大きな四つのお話！」

「あら、大きな四つのお話で思い出したわ」

「なんですの？」

「正統さんたちがしくじったんですって。三つのうち宇宙に還すことができたのは一つだけだったらしいの。残り二つは人間型生命体《ヒューマノイド》として生き延びたから試行錯誤《トライアルアンドエラー》になったんですって」

「お気の毒に。カスタリア、もう寝る時間ですよ」

「眠くないもん」

「それじゃおばさんと一緒にお父さまのところへお出迎えのご挨拶にいきましょう。よろしくて？　アジュア？」

「ええ、お願いします。ドミナおばさまの言うことをよく聞くんですよ、カスタリア」

　水面にぷく～っと大きな泡が一つ浮かんで消えた。小さな蒼色《ブルー》の水膜《ウォーターフィルム》が大きな藍色《インディゴ》のそれに取り込まれるとあっという間に流れ去った。

　しばしの静音を破ってシアンが言った。

「お母さま？　どうされました？　何か心配事でも？」

「ドミナの話が本当なら今回のビッグ・フォアは原子に還ってしまうわ」

「今回の、ビッグ・フォア」

「そう。正統のビッグ・フォア。ああ、別にあなたが知る必要はないことよ」

「いいえ。ビッグ・フォアについてはかねがね教えていただきたいと思っていました」

「なぜ」

「得体が知れないからです。知れば安心できます」

「知ったところで」

「今回のビッグ・フォアはなぜ原子に還ってしまうのです？」

「仕事に失敗した報いです」

「ビッグ・フォアの仕事って何です」

「宇宙に最高最善の食事を提供すること。今回のビッグ・フォア、つまり正統のビッグ・フォアはその仕事にしくじった。だから宇宙の塵に還されるのです。いわば罰ね」

「宇宙が罰するのですか」

「いいえ。ビッグ・フォアの育ての親が」

「育てた子を殺すのですか？」

「だってフォーヴですもの」

大きなブルーのウォーターフィルムが少し揺れ動き、小さなそれのシアンが続けた。

「何が可笑しいんです？　フォーヴって、あの動物惑星《アニマルプラネット》のことですか？」

「そうよ。そのフォーヴです。ティエラとは違った形で進化発展した血肉を宿した生物たちが住む星です。ビッグ・フォアというのはね、シアン、四獣なの。四つの獣人型生命体《セリアンスロープ》のことなのよ。この四つを統べるのがゼノという名のフォーヴの親玉。そう、ビッグ・フォアとして生まれた四つのセリアンスロープの育ての親です。フォーヴでは数千年に一度の割合でセリアンスロープという特異体質の生命体が四つセットで生まれるのだけれど、その四つのセリアンスロープをビッグ・フォアにするべく養育教育するのがゼノなのです」

「それでは宇宙でもかなり長寿の存在ですね、ゼノは」

「ええ。でもゼノ自体セリアンスロープだからいつかは原子に還ります。もうかなりの高齢でしょう。それなのにビッグ・フォアがちっとも仕事をやり遂げないものだから」

またもや静音。シアンが言った。

「宇宙に供する食事と言いますが、その食事というのをビッグ・フォアはどんな風に用意するのですか？」

「食事というのは生命体のエネルギーのことです。でもそのエネルギーは私たち水、火、風、土の四大ではなく血肉を宿す動物型生命体《アニマルタイプ》でなければならないの。しかも美しく、聡明で、心身ともに強く、豪胆で、なおかつ気持ちの優しさ、心の広さ、そういったありとあらゆる美徳を兼ね備えたアニマルタイプを三体」

「三つも必要なのですか」

「そうよ。ゆえに宇宙ではこのビッグ・フォアの仕事を俗に〈三美神の調和〉と呼んでいます。アニマルタイプを原始に還し、エネルギー体に変換して宇宙に放つ。宇宙はそのエネルギーを得て、さらに宇宙としての力を増すのです」

「フォーヴではだめですか」

「同胞を犠牲にすることになりますからね」

「ではアニマルタイプというのは人間型生命体《ヒューマノイド》ですね？」

「そうです。ティエラ人とカロン人を秤に掛けたゼノは御しやすい後進星のティエラ人を選びました。同じ銀河系ということも手伝ったでしょう」

「つまり宇宙に捧げるために選んだ三人のティエラ人を殺すということですね」

「殺すという表現はあなたたち若い世代では普通のようね、シアン」

「供するよりわかりやすいですから。でも――カスタリアにそんなことまで話したのですか？」

「大きな四《ビッグ・フォア》つも私たちと同じ生命体には違いないのだということを教えただけです。いいことシアン？　私たち四大《エレム》はセリアンスロープともヒューマノイドとも共存せざるをえない生命体です。フォーヴもヒューマノイドもエレムなくては存在できない生命体だからです。カロンはその事を学びました。私たちと遠戚関係にあるので学びも早かったでしょう。ティエラは学んでいる最中です。そんなティエラには距離を置いて接するほうが無難です。そのことをカスタリアに教えました。あなたも肝に銘じておいて下さい。確かにティエラはこの銀河系では珍しく多彩な能力を有する生命体の宝庫です。幸か不幸かカロンは別銀河系の星ですから、同じ銀河系に住む私たちオーシャン（オケアニス人とは言えないのでオーシャンが〝地球人〟と同義語になる）がティエラに興味を持つのは致し方ないことです。でも軽はずみにティエラへは行かないこと。行きたければ成熟の年齢《マチュリティ》になってからになさい。いいですね、シアン？

ティエラは決してお父さまがお話になるほど楽しく優れた星ではないのですよ」

「そうおっしゃるからにはお母さまも行ったことがあるのですね？」

「ええ。遠い昔に」

「良い思い出がありませんか」

「あってもティエラを愛することはできません。あの星は戦いに明け暮れているにも拘わらず宇宙の奇跡として存在を許されている唯一無二の星です。過去に幾度も宇宙の怒りに触れながら今日まで生きながらえてきたのは、ひとえに宇宙があの星を愛しているからです。でも私は愛せません」

「なぜ」

「ティエラという星は幾度となく生まれ変わっているのよ。あなたが知っているティエラは私が知る限りでも三つ目のティエラです。宇宙に愛されているから生まれ変われたのです。そんな無節操なヒューマノイドの星を、私は愛せません」

「宇宙がティエラを生きながらえさせているのは、ビッグ・フォアが供してくれるはずの最高最善の食事を――エネルギーが得られるのを待つためなのでは？」

しばしの静音を破ってシアンが続けた。

「気の遠くなるような時間も宇宙には関係ない。だからいくらでも待つことができる」

母が黙ったままなのでシアンはさらに続けた。

「ところで、わざわざ正統と呼ぶからにはそれ以外のビッグ・フォアも存在するのですか？」

「ええ。異端のビッグ・フォアが」

「異端とは」

「罪を犯したビッグ・フォアのことです」

堰を切ったように母は言った。

「ビッグ・フォアは宇宙に貢献するために生まれ、ゼノによって高等な教育を受ける資格を得る選ばれし存在《もの》です。だからゼノの教育を受けたビッグ・フォアはみんな正統なのだけれど、そんなビッグ・フォアのうち誰か一人でも罪を犯せばそれすなわち異端という烙印が押され、連帯責任によって正統のビッグ・フォアは瞬時に異端のビッグ・フォアに転落するのです。異端のビッグ・フォア全員が死ぬまで新しいビッグ・フォアが生まれることはありません。何しろ数千年に一度ですからね。だからその時代におけるビッグ・フォアと言えば異端のビッグ・フォアを指すことになります。ビッグ・フォアの教育が仕事であるゼノは自分が自信をもって育て上げたビッグ・フォアが異端に墜ちることを大いなる恥、屈辱と考えるので異端のビッグ・フォアには辛辣なようです。敵対心すら抱くのではないかしら。かわいさ余って憎さ百倍。ゼノの異端のビッグ・フォアに対する思いはまさにそれでしょう」

「では、今回仕事に失敗した正統のビッグ・フォアが粛正されたあと、次のビッグ・フォアが生まれるまでは、宇宙の食事のターゲット候補であるティエラ人も安泰ですね」

「そうね。数千年先のことになりますからね」

宇宙では数千年などあっという間であることをシアンは理解していた。

「ところでお母さま、トライアルアンドエラーというのは？」

「三美神の調和のなりぞこないです」

「調和の失敗から生まれた生命体ですか」

「そうです。だから突然変異体《ミユータント》とも呼ばれています」

「ヒューマノイドではないのですか？」

「もとがヒューマノイドですからヒューマノイドの姿でしか存在できない生命体です。ただ、原子には二度と還ることができない呪われた生命体です」

「……ヒューマノイドなのに、死ぬことができない。つまり、不死者《アンデッド》ですか？」

「そうよ。単にその時代だけではなく、次元も超えて生き続けなければならないの」

「ヒューマノイドとして」

「ええ。ヒューマノイドとして」

「過酷だ」

「だから言ったでしょう。呪われた生命体だと」

「ドミナおばさまのお話では二体――二人がトライアルアンドエラーになったということでしたね」

「彼女の話が本当ならね」

「インディクムおじさまは現在、異星交信員なのですから本当だと思います」

「ああ。そうだったわね。お父さまがティエラ旅行できたのもその仕事から解放されたからだったわね。よその星と情報交換する仕事が持ち回りだなんて私たちエレムならではでしょうね」

「ヒューマノイドは違いますか」

「カロンにはちゃんとした異星交信局があるけれど、ティエラにはありません。ヒューマノイドの星で持ち回りで異星交信をしている星は少ないのではないかしら」

しばしの静音のあと、母が言った。

「トライアルアンドエラーは呪われた生命体だけれど、彼らに罪はない。三美神の調和に失敗したビッグ・フォアも、その結果生まれたトライアルアンドエラーも、宇宙の摂理に従わされたままでです。そのことをよく覚えておきなさい、シアン」

「あたしがトリップできる年になったら、兄さま、きっと一緒に行ってくれるわね？初めてのトリップにはトリップしたことがあるオーシャンの付き添いが必要だって習ったわ。父さまとはイヤだし母さまはお加減が悪いし、だから兄さましかいないの。

あの綺麗な翡翠色の星のこと、リア、いっしょけんめい勉強したわ。たくさん国がある星だから行きたいところを決めるのにずいぶん迷ったけど、決めたの。イタリアっていう国よ。ね、リアにぴったりのお国じゃないこと？」

「ティエラは翡翠色じゃないよ、カスタリア。瑠璃色だ」

「でも緑がたくさんある星でしょう？　だったらきっとあんな色をしてるはず」

小さな手が指さした先には草原が広がっていた。見渡す限りの緑色。その草原は夜になると光り出す。それは美しい、柔らかなエメラルド色に。シアンが言った。

「翡翠色をしているのはフォーヴだ」

「見たことがあるの？」

「ない。でもそう聞いてる」

「じゃあティエラが瑠璃色だってどうして知ってるの。兄さまがこの姿でトリップしたことがある星は群青色のカロンだけなんでしょう？　ティエラへはまだ一度も行ったことがないって言ったじゃない」

「アミルから聞いたんだ」

「あ、ティエラのことよく知ってる兄さまの友達ね。リアの勉強が追いつかないくらいティエラのこと勉強してる」

「うん。ティエラのことを知りたければアミルに訊くといい」

「でもティエラに一緒に行ってくれるのは兄さまよ」

「ああ。わかった」

言ってシアンは妹の愛らしい横顔を見た。

液体型生命体《メタ・リキッド》惑星オケアニスのオーシャンはいろんな生命体の形態をまねることができる。ことに真水種であるナイアス族は海水種のネレイス族と違って人間型生命体《ヒューマノイド》との繋がりが強く、ヒューマノイド惑星のカロンとは遠戚関係にあることもあってヒューマノイドの形を象《と》ることはごく一般的だった。ヒューマノイドと遠戚の関係にある理由は、いったいどういった経緯でそうなったのかわからないが、カロン人の血漿を構成している水がナイアス族と同じ成分だからである。

それにしても不思議な話である。カロン大公ポルタ三世を元首に頂くカロン公国は別銀河系にある惑星で、オケアニスとはおよそ1500万光年も離れているのだから。

それはさておきヒューマノイドの姿に憧れているナイアス族は多かったので、ヒューマノイドの形を象って森林や水辺に佇んだり、おしゃべりしたりすることはネレイス族より頻繁だった。ちなみにネレイス族が好んで象るのはやはり魚介類《マリンライフ》である。

地球《ティエラ》に行きたくてしょうがないカスタリアは普段からヒューマノイドの形を象りた

がった。ただ両親があまりいい顔（水）をしないので、兄と一緒のときだけそうしていた。

つまりこのときのシアンとカスタリアのオーシャン兄妹はヒューマノイドの形を象ってそこにいたのである。二人とも元がそれはきれいな水だったので人間の姿を象っても美男美女だった。シアンは茶褐色の短髪に黄みがかった肌色の十代の若者、カスタリアはウェーヴがかかったストロベリーブロンドの髪をきれいに編んだ色白の五歳くらいの女の子で、服装はシアンが白のポロシャツにブルージーンズ、カスタリアは裾の長いグリーンのドレス姿だった。その裾を、やはりグリーンの靴を履いたつま先でぽんと蹴ってカスタリアが言った。

「アミルさんはよくティエラへ行くの？」

「知らない」

「兄さまはどうしてティエラへ行かないの？」

「興味がないからさ」

「どうして。きれいな星なのに」

「宇宙での見た目がきれいだからといって、その星が本当にきれいだとは限らないんだよ」

「そうなの？　でもリアはティエラへ行きたい」

「ああ。一緒に行ってあげる」

「約束よ兄さま」

「うん。約束だ」

# カロン銀河系

カロン

## ルシオラ東部

「ヴィオレ教授！」

ルシオラ大学のキャンパスを急ぎ足で歩いていたヴィオレはセミロングのプラチナブロンドを揺らして振り返った。駆けてきたのは灰色の鳥打帽をかぶった若い男だった。これまでにも何度か顔を合わせたことがある【ヴァリエタス新聞社】の記者だ。名前は――思い出せない。

「何でしょう？」

「新しいビッグ・フォアが生まれた件についてぜひともお話を」

息をあえがせている相手に向かってヴィオレは言った。

「会見には応じました」

「わかってますわかってます、でも、そう、【ヴァリエタス】とのよしみでもっと突っ込んだことを何とか」

ヴィオレは眉を潜めた。【ヴァリエタス】とのよしみというのは正統のビッグ・

フォアが消えたのち、〈トライアルアンドエラー〉が生まれたらしいという説を立てた【ウラニア】《宇宙観察機構》の特別客員研究員カウサ博士をヴィオレが支持したことによる。

カウサとは個人的なつきあいはなく、顔を合わせたこともなかったが、互いに論文や著作を通じて信頼を寄せ合っていた、いわゆるファンズの間柄だった。

【アリエナ】《異星交信局》がオケアニスからの公式見解として正統のビッグ・フォアが原子に帰したと発表し、カロンではいっときソーシャルメディアが賑わった。なにゆえ宇宙の塵に還ったか、その理由は説明されなかったのだが、オケアニスからの情報は無条件で受け入れることが慣例になっているカロンでは、今回も〈三美神の調和〉は成らなかった、そのことだけが大々的に報じられた。

ビッグ・フォアという宇宙をさすらうセリアンスロープ関連の情報を、カロン人は天体ショーの一環として愉しんでいた。ビッグ・フォアの仕事についても承知していたが、ターゲットにされているのは同じヒューマノイドでも別銀河系のティエラ人だと判っているので安心してセリアンスロープの動静を天体観測のレベルで愉しむことができたのである。そもそもビッグ・フォアの故郷フォーヴはオケアニスと同じティエラ銀河系にある。銀河系を股に掛けるビッグ・フォアだが、彼らの仕事に関係のないカロンは蚊帳の外なのだ。

そのビッグ・フォアが原子に還った。識者のあいだでは様々な意見が飛び交った。

正統だったので罪を犯したわけではない。そんな彼らが消えてしまったのはなぜか。その理由をオケアニスが伝えてこなかったのはなぜか。

世間一般では問題にしない事柄を俎上に載せて吟味する、しなければならない立場の者たちがいる。【ウラニア】がそうだった。【アリエナ】とも頻繁に情報交換をした。が、らちがあかなかった。オケアニスの窓口になっている【アリエナ】が、提供できる情報はすべて提供し尽くしたと言いきる以上、【ウラニア】としては与えられた情報だけでビッグ・フォアの消滅理由を独自に導き出さなければならない。宇宙を観察するという立場から、オケアニスの言い分だけを記録して恬としているわけにはいかなかったからである。カロン大公へ報告する義務もあるので【ウラニア】は頑張った。

頑張った結果、仕事をまっとうできなかったからゼノに粛正されたのだという説で落ち着いた。

そのあと、カウサの提言が物議を醸した。

ビッグ・フォアが〈三美神の調和〉に失敗したのは事実だが、その失敗の過程で新たな動きがあった。根拠にフォーヴ付近に位置しているブラックホールの噴射が確認されたことを挙げ、これを〈トライアルアンドエラー〉が生まれた証拠だとした。ブラックホールは周囲の物質を取り込む一方、その中心からは重力を逃れた物質がジェットとして噴出される。そのジェットの流れにカウサは注目した。研究調査の結果、三美神の一体はブラックホールに取り込まれたが、ジェットにより噴射された二体が〈トライアルアンドエラー〉として生き延びた。

カウサの説はセリアンスロープの動きを天体ショーとして愉しんでいたカロン国民を驚喜させたが【ウラニア】が公式見解としなかったので大公から黙殺され、メディアもすぐさま沈黙し、国民の関心も瞬く間に薄れていった。

そんななか、【ウァリエタス】だけが〈トライアルアンドエラー〉の存在に興味を持ち続け、カウサのもとに足繁く通い、続報を得ようと頑張っていたが、カウサも新たな研究成果を上げることはできなかった。高齢だったカウサは先月、二百二十一歳の誕生日に老衰で亡くなったからである。

先々月に開かれた毎年恒例の宇宙学会、通称【エトス】はまるでお祭り騒ぎだった。新しいビッグ・フォアの誕生をフォーヴが認めたという【アリエナ】からの報告があったからだ。正統のビッグ・フォアが消えてすぐだっただけに、今度こそ〈三美神の調和〉に期待したい、いや、われわれと同じヒューマノイドが犠牲になる事を期待するというのはいかがなものか、しかし宇宙が望んでいる等々、白熱した議論が展開されたが、様子見しかないという当たり障りのない結論に達した後、カウサの〈トライアルアンドエラー〉誕生説が興味本位で議題に上がった。

パネラーとして呼ばれていたヴィオレは積極的にカウサの説を支持したせいで【エトス】ににらまれ、メディアからも叩かれ、単独の記者会見を行うハメになった。

大公が肯んじていない事柄をなにゆえ肯定しようとするのか。説を唱えたカウサ本人が沈黙しているのに火中の栗を拾おうとするのはなぜか。カウサとの個人的な関係すら取り沙汰されてヴィオレは疲れた。

ヴィオレは〈ＴＡＥ〉〈トライアルアンドエラー〉が生まれたことを確信していた。証拠はない。ただ直感しただけだった。そう正直に答えて火に油を注ぐことになったが【ヴァリエタス】だけがヴィオレを擁護した。ルシオラ大学もヴィオレの英知を手放すのを惜しんでその言を不問に付した。なぜか大公からのおとがめもなく、カウサが亡くなったこともあって【エトス】もおとなしくなり、メディアのヴィオレ叩きもやんで世間の宇宙に関する興味はスーパームーンだの超新星の誕生だの、アスペクトやステリウムといった天体の特筆すべき動きに限られたごく一般的なものへと落ち着いていった。かわりにヴィオレは【ヴァリエタス】につきまとわれるようになった。〈トライアルアンドエラー〉の存在が確認されれば宇宙規模の大スクープだと。

「いいえ」

【ヴァリエタス】の記者——ウィル《男性》・フロンスと名乗った相手と仕方なく学内のカフェテリアに入った。わざわざウィルと付けたのは習慣なのか、家族持ちであることを伝えたかったからか。カロンでは性別を姓にするのが一般的だったが独り身のヴィオレがフェミナ《女性》を使うことは滅多にない。オーガニックティに口をつけたヴィオレはあらためてフロンスに言った。

「いいえ。〈トライアルアンドエラー〉の存在は、確認ができていないだけでこのカロン銀河系では周知されています。もっと地味で目立たないものこそ宇宙規模の大スクープと呼ぶべきでしょう」

「たとえば？」

「そうね、たとえば——〈異世界開口《オープニング》〉」

「それは——スクープにはなり得ません」

「なぜ」

「だって確かめようがないから」

「〈トライアルアンドエラー〉の存在は確かめられるのですか？」

「ヒューマノイドとして存在するんですから捜しようがあります。だけど〈オープニング〉というのは」

「捜しようがないからこそスクープなのではありませんか？」

ついていけないと思ったか、フロンスは軌道修正をはかった。

「あらためて新生ビッグ・フォアについてうかがいます。教授の〈三美神の調和〉への期待値はいかほどでしょう？」

「生まれたばかりの赤ん坊に何をどう期待しろと」

「フォーヴがビッグ・フォアだと認めた四体は——」

「ゼノが認めた四人は」

「ああ、ええ、フォーヴのゼノが認めた四人は——セリアンスロープはヒューマノイドと捉えるべきなんですね？」

「そうです。彼らは私たちと同じ人間だと考えるべきです。三美神を調和させるためにはおのれもヒューマノイドとして動く必要があるからです」

「ターゲットのヒューマノイドに近づいて信頼を得る必要がありますもんね。だけど真の姿は動物でしょう」

「私たちも動物でしょう？」

「そりゃ、人間をそうとらえるんならそうなりますが」

「〈三美神の調和〉については正直、どうでもいいのです。調和が成ろうが成るまいが、私には何の関係もないことですから」

「しかし——研究に弾みがつくんじゃありませんか?」

「私の専門は宇宙心理学です。〈三美神の調和〉という現象を扱う立場にはありません」

　いらだちが高じてきた。

「会見の繰り返しになりますが、カウサ博士の説を推したのもブラックホールの噴射が確認されたことによって〈TAE〉の誕生は大いにあり得ると考えた傍観者的な立場からです、研究者としてではありません」

　勝手に席を立つのはおとなげないと思って相手が腰を上げようとする気配が感じられるまで待った。空気を読むに敏だった新聞記者は時間を割いてもらった礼を言うとヴィオレのカップも引き取って立ち上がった。その後について歩きながら、ヴィオレはたった二つのことしか考えていなかった。

　宇宙現象学は〈三美神の調和〉についてどこまで本気で研究しているのだろうということと、目の前を歩く男が自分より背が低かったことに今初めて気づいたのはなぜだろうということと。

「そうだ教授、最後に一つ教えて下さい」

カフェテリアを出てから振り向いたフロンスが言った。

「フォーヴのゼノについて。フォーヴには政府機関というものがない。ゼノという名の統治者がいるだけで、外交も彼――彼女かもしれないし中性かもしれませんが、とにかくフォーヴという惑星はゼノという名の存在が取り仕切っていて、その権力はもとより生命体としての能力は計り知れない、まるで弱点のない超生命体だ、そう習ったんですが」

ヴィオレは黙って先を促した。

「本当にそうなんでしょうか？」

どっという笑い声が聞こえた。木陰に集っていた学生たちが、何が可笑しいのかしきりに笑いこけている。視線を戻してヴィオレは答えた。

「ゼノのことはわかりません。おそらく誰にもわからないでしょう。フォーヴへ行くことができた人間はいません。【アリエナ】はゼノと直接交信できるわけではなく、【ウラニア】もフォーヴの観察しかできません。私に何がわかりますか。ビッグ・フォアの養教育者という一般的な知識しか持ち合わせません」

「ゼノがこれこれこういう存在だという証拠、証明が欲しいのではありません。教授個人の考えが知りたいんです」

「ゼノについては何の考えも意見もありません。ただ、ゼノを人間になぞらえた上で一つ言えることがあるとすれば」

ゼノを人間として見るならば――

「非常に厳格な人だろうとは思います。掟破りを極端に嫌う、融通の利かない人。これが私のゼノに対する――考えではなく、感想です」


国語科教員室で帰り支度をしていたペンナは教務課主任に呼ばれ、来客に会うよう言われた。受賞に関する取材だから断れなかったと言う。仕方なく会うことにしたが応接室は断って受け持ちクラスの空き教室で会うことにした。取材を口実に会いに来た相手から不愉快な思いをさせられたことは二度や三度ではなかった。今回もまた。長身痩躯でオールバックの頭髪をテカテカに光らせた若い男は挨拶をすませてすぐ、

「新生ビッグ・フォアについてどう思われますか、ペンナ先生?」

いきなりビッグ・フォアときた。

「私は一介の教師ですから。ビッグ・フォアについてはよくわかりません」

「先生はティエラ史学研究の第一人者です。【エトス】主催の学術論文部門で最優秀

賞のイニティウム賞を――」

「あれは高校の宇宙研究部がチームで受賞したのです。私個人の功績ではありません」

「しかしその宇宙研究部の顧問として指導に当たっていたのはペンナ先生でしたから」

「私にできることをしただけです。研究熱心で頑張り屋の生徒たちでした。そう。ビッグ・フォアについては彼らに訊いて下さい。面白い話が聞けると思いますよ」

「高校生相手では訊けることも限られます」

「たとえば？」

「ビッグ・フォア同士の繁殖問題ですよ」

「ビッグ・フォア同士の――何ですって？」

「種の保存です。ビッグ・フォアの出現には数千年を要することからその誕生もフォーヴの特異体質によるものというのが宇宙の、というよりわれわれカロン人における一般的な認識理解ですが、数千年という単位はビッグ・フォアとして生まれる生命体自身にも多大な影響を及ぼすだろうことが【宇宙学会《エトス》】でも過去に何度か議論されてきました。まあ【エトス】は議論するための議論で終わるのが常なので取材する側としてもたいした収穫はなかったのですが、こうしてペンナ先生とお近づきになれたので思いきって質問させていただくわけです。ビッグ・フォアとして生まれた彼らが将来のビッグ・フォアのことを思い、数千年待たずとも次のビッグ・フォアを誕生させることができるようになればと考えるようになったとしても不思議ではないでしょう？〈三美神の調和〉のために。ひいては宇宙のために。できるだけ早く〈三美神の調和〉を実現させて宇宙をさらに良くしたいがために」

ペンナは軽く眉をひそめた。

「あなたが尋ねようとしている事はわかります。でも、ビッグ・フォアは必ずしも異性混合で誕生するわけでは――」

「今回も雌雄混合で生まれたことは【エトス】でも確認、承認されています。前回、つまり粛正されたビッグ・フォアは雌雄の割合が三対一でしたが、今回は二対二だとか。僕が調べた限りビッグ・フォアは四体すべてが雌もしくは雄で生まれたことがないんです。興味深いと思いませんか？」

「いいえ。彼らにそのような意思はないと思いますから」

「そうですね。あればとうにやってたでしょうから」

あからさまな言い方にペンナはそっと視線をそらせた。手元に置いたままにしていた名刺にあらためて目をやる。

「でも、意思はあってもできなかったのだとしたらどうです？」

《アクシア通信社　ルシオラ東部支局　記者　ウィル・テルグム》。【アクシア】は知名度信頼度ともに定評ある大手通信社だが、紙の名刺は偽造できるし、テルグムも偽名かもしれない。

「できなかった。なぜか。ゼノが許さなかったからです」

揚々とテルグムは続けた。

「ビッグ・フォアの遺伝子を残そうとすればそれすなわち罪となって異端のビッグ・フォアに墜とされる。それがイヤでできたこともしなかった。だけどゼノももうかなりの高齢です。ビッグ・フォアは数千年を経れば必ず生まれますが、そのビッグ・フォアの養教育をゼノが永遠にできるわけもない。といってゼノの後継者がいるのかどうかもわからない。フォーヴという星がどのような体制もしくは仕組みで動いているのか、これは【ウラニア】ですら把握できていないのだから僕ら一般人にも謎に包まれた動物惑星《アニマルプラネット》という認識しかありません。でも、動物《アニマル》なわけです。僕らと同じく。だから種の保存もなされているはずです。僕らと同じく。だからビッグ・フォアがそれをしないとは限らない。むしろ積極的になってもいい。なにしろ僕らには想像もつかない高度な知能と戦闘力を持つ宇宙の奇跡的生命体なんですから」

「そうですね」

　相手の言い分をすべて肯定することでこの場を逃れよう思ったペンナは、やや投げやりな調子で答えた。

「もしビッグ・フォアのあいだに子どもができれば、その子は次世代ビッグ・フォアのためにできることを考え、ひいては宇宙のためにできることを考える、それはすばらしい生命体となることでしょう」

「でもゼノの眼が黒いうちは不可能ですよね」

「そうですね」

　ふと思ったことをそのまま口にした。

「ゼノは千里眼、万里眼でしょうから、不届き者を見つけたら容赦しないでしょう」


「この子はこの年で天賦の才を授かりまして」

　宇宙平和団体【レジェ】の入会資格審査に一発で合格した幼い少女の母親がこれまでに何度も口にしてきたセリフをここぞとばかりに繰り返した。

「教えてもいないのにカロン銀河系とティエラ銀河系の歴史に精通しておりますの。

郵 便 は が き

料金受取人払郵便

新宿局承認

7552

差出有効期間
2024年1月
31日まで
(切手不要)

1 6 0-8 7 9 1

1 4 1

東京都新宿区新宿1－10－1

(株)文芸社

愛読者カード係 行

| | | |
|---|---|---|
| ふりがな<br>お名前 | | 明治 大正<br>昭和 平成 年生 歳 |
| ふりがな<br>ご住所 | □□□-□□□□ | 性別<br>男・女 |
| お電話<br>番 号 | (書籍ご注文の際に必要です) | ご職業 |
| E-mail | | |
| ご購読雑誌(複数可) | | ご購読新聞<br>新聞 |

最近読んでおもしろかった本や今後、とりあげてほしいテーマをお教えください。

ご自分の研究成果や経験、お考え等を出版してみたいというお気持ちはありますか。

ある　　ない　　内容・テーマ(　　　　　　　　　　)

現在完成した作品をお持ちですか。

ある　　ない　　ジャンル・原稿量(　　　　　　　　　　)

| 書　名 | | | |
|---|---|---|---|
| お買上<br>書　店 | 都道　　　　市区<br>府県　　　　郡 | 書店名 | 書店 |
| | | ご購入日 | 年　　月　　日 |

本書をどこでお知りになりましたか?
1.書店店頭　2.知人にすすめられて　3.インターネット(サイト名　　　　)
4.DMハガキ　5.広告、記事を見て(新聞、雑誌名　　　　)

上の質問に関連して、ご購入の決め手となったのは?
1.タイトル　2.著者　3.内容　4.カバーデザイン　5.帯
その他ご自由にお書きください。
(　　　　)

本書についてのご意見、ご感想をお聞かせください。
①内容について

②カバー、タイトル、帯について

弊社Webサイトからもご意見、ご感想をお寄せいただけます。

ご協力ありがとうございました。
※お寄せいただいたご意見、ご感想は新聞広告等で匿名にて使わせていただくことがあります。
※お客様の個人情報は、小社からの連絡のみに使用します。社外に提供することは一切ありません。

■書籍のご注文は、お近くの書店または、ブックサービス(0120-29-9625)、セブンネットショッピング(http://7net.omni7.jp/)にお申し込み下さい。

もちろん言語もカロン標準語《スタンダード》だけでなくティエラ・スタンダードの読み書き会話ができるものですから【アリエナ《異星交信局》】からも何度かお誘いを頂いたのですけれど、本人が単なる異星とのやり取りではなく宇宙全体のことを考えたいからと」

　相手はルシオラ支部長で、支部長のお眼鏡に適えば特待生として優遇されるのだ。寄付金の免除に加え、たとえば異星人との親睦会、視察と称した宇宙旅行――

「能力と大志は比例するものです」

　愛想良く応じた支部長は少女だけを見て、

「それじゃあ今度はティエラについて質問するよ。あの星はまだまだ発展途上にあるわけだけれども進化の過程がカロンと実によく似ている。将来ティエラにも【アリエナ】のような公的機関が生まれたら、【レジェ】としてはどのようなアプローチが効果的だろう？」

「アプローチを試みる以前の問題だと思います。進化の過程が似ていると言っても、ティエラは銀河系で孤立無援。カロンにはともに歩めたオケアニスという遠戚惑星がありました。しかもオケアニスはエレム系の極めて高度な惑星であり、そのような星と相携えながらやってこれたカロンと、自分しか知らないティエラの進化過程を同一視することはできません」

支部長はうなずいて、

「自分しか知らないティエラか。惑星それ自体を一つの生命体と捉えているんだね。正に【レジェ】の活動精神に適った視点だ」

「あたしたち人間《ヒューマノイド》は寄生体《パラサイト》にすぎませんから」

「しかし寄主《ホスト》の面倒を見る責務も負っている。だからきみは【レジェ】に来てくれた。きみに与えられた使命を果たすために」

「はい。あたしはカロンのためでもティエラのためでもなく、宇宙のために生きていきたいと思っています。先生があたしにティエラのことを訊くのは、ティエラ銀河系のフォーヴについて訊きたいからなんでしょう？　フォーヴで新しいビッグ・フォアが生まれたから」

少女の母親に目をやって笑った支部長は、

「うん、そうだ。あの銀河系に所属するフォーヴのことはとても興味深いから、まずティエラのことをきみと話しておきたかった」

支部長という肩書きがあっても少女にとってはあくまで【レジェ】の偉い先生という認識しかない。支部長先生は穏やかに続けた。

「ビッグ・フォアについてはまた日をあらためて訊かせてもらうよ。今はティエラについて訊いておきたい。きみのティエラ観をね」

しばし無言で相手を見つめていた少女はふいににっこり微笑って見せると軽やかな声で言った。

「カロンは宇宙の神秘です。ティエラは宇宙の奇跡です。カロン銀河系内の生命体は、まったく違う銀河系にカロンとよく似た惑星が存在することを知っているけれど、ティエラ銀河系内ではティエラ人すら知りません。なのにカロン銀河系とティエラ銀河系では言葉の齟齬がほとんどないんです。まったく同じ意味で使われる言葉がたくさんあります。たとえばトライアルアンドエラーとかオープニングとかセリアンスロープとか。これらの言葉がティエラで市民権を持つのはずっと先のことになりますが、カロンとティエラの共通語であることは確かです。カロンが神秘でティエラが奇跡ゆえのことだからだと思います」

歌うように少女は続けた。

「ティエラの閉鎖性は百年経っても変わりません。今後百年、カロンがどれほど穏当な歩み寄り方をしてみせてもまともに受け取ってはもらえないでしょうから、カロンとしてはまず百年、あの星が成長するのを見守るしかないと思います。アプローチの仕方を考えるのは百年後でも遅くはありません。【レジェ】は当然、百年後も機能しているはずですから」

深いため息をついてから先生が言った。

「百年は、われわれにとってはさして遠い時間ではない。今後百年以内にティエラへ行くことができたとしたら、きみはティエラで何をしたい？」

「ティエラ人を観察したいです。だからまず親しくなれそうなティエラ人を捜します。そのティエラ人を介していろんなティエラ人を知りたいと思います」

「親交を持てるティエラ人と出逢えるかどうかが鍵だね」

「嗅覚には自信があります」

「うん。きみならこの人だというティエラ人を間違いなく探し当てることができるだろうと私も思う。だけどもし――もし、きみにはこのティエラ人だとあらかじめ選択されていたとしたらどうする？」

「誰が選ぶのかにもよりますけど、宇宙が選んだのなら。宇宙があたしのために選んでくれたのだと思えたら、そのティエラ人が気に入らなくても、仲良くする努力を惜しむことはしません」

「どういう理由があれば、宇宙がきみのために選んだと思えるだろう？」

「理由はないかもしれません。なくてもいいと思います。宇宙が決めたことなら、宇宙が直接あたしに教えてくれるんじゃないかと思うからです。その教え方に違和感を覚えれば拒否するし、ああ、そうなんだと納得できれば、繰り返しになりますけど、そのティエラ人が気に入らなくても、仲良くする努力は惜しみません。あたしの持つ経験と知識はたいしたものではないけれど、それらを総動員してそのティエラ人のために」

ふっと言葉を切った少女の面《おもて》に奇妙な色が走ったのを先生は見逃さなかった。ほんのかすかにひそめられた眉、ほんのわずかに開いた唇、遠くを見るようにそらされた両の瞳――様々な感情の交錯が形作ったその複雑な表情は、少女ではなく成熟した女性のそれだった。

「ピオン？」

ふいに黙り込んだ娘に母親がやや大きな声をかけた。

「ティエラ人のために、何なの？　何をするの？」

タタカ――

「尽くします」

先生だけを見て少女は答えた。

いきなり部屋のドアが開き、閉まる音がした。呼び鈴が壊れていたことを思い出した。が、あの乱暴なドアの開け閉めの仕方は客ではない。身内だ。仕事上の身内は二人しかいない。そして空き店舗の二階であるここを行き来できるのは一人だけだ。それでもパソコンの画面を見たまま利き手で抽斗を開ける。部屋の構造上、冷蔵庫を置いた給湯室の壁が出っ張りで邪魔になり、事務所内唯一の出入り口はメインデスクから死角になっていた。

「ビッグ・フォアが生まれた件だけどさぁ」

間延びした聞き慣れた声を聞いて抽斗を閉めたビアンカはパソコンの画面をスクロールしながら、

「ええ。何かわかった？」

「カロン大公が内輪でお祝いするんだと」

「どこから拾ってきたの、そんなガセ」

「ガセじゃない。【スティーリア設計事務所】の事務員から直接聞いた」

スティーリアはテュクス宮の設計者で、公とも極めて親しい間柄だが――

「持ってる肩書きだけでよく【スティーリア】へ近づくことができたわね。本当にこの事務員の話なの？」

「持ってる肩書きって」

やっと声の主が目の前に現れた。片手に缶ビール、片手にサンダルを持っている。持っていた缶ビールをビアンカのデスク前にある応接セットのテーブルの上に置き、サンダルをその下に置くとソファに腰を下ろして履いていた上げ底ブーツを脱ぎ捨てた。

「【ヴァリエタス新聞社】と【アクシア通信社】の名刺があればたいていのところへ行ける。そう言って作ってくれたのはきみだ」

缶を開けて喉を鳴らすと整髪料で固めていた髪を両手でくしゃくしゃにした。前髪がまばらに垂れ、普段は鳥打帽で隠している薄い前頭部がぼんやりとのぞいた。

年若く、細身で顔立ちも決して悪くないのだが、背が低いことと生え際の後退によっておでこが広く見えることが何となく見た目貧相な印象を与えている。本人がまったく気にしていないことが救いで、背の低さやおでこの広さを悲観したり、もしくは開き直って卑下したりしない、そんな健全な明るい性格をビアンカは好ましく思っていた。

何よりちゃんと仕事ができる。

変装というほどのものでもないが、相手に与える印象の変え方も心得ていて、それがちゃんと仕事になっている。聞き込みの手腕もあった。総じて能力のある男だった。有能な人間は愛おしい。

パソコン画面を見つめたままビアンカは言った。

「仕事道具が役に立って何よりだわ。でも見せびらかすのは必要最低限にしてね。相手が【ウァリエタス】と【アクシア】に確認を入れたりしたら面倒だから」

偽造や情報操作その他、ビアンカのために危ない橋を渡ってくれているもう一人の身内に害が及んではビアンカもろとも身の破滅だ。一蓮托生の三人だということはこの男もよく解っているのだが、つい念を押してしまうのは――臆病さゆえか。

「先刻承知。そんなヘマはやらない。だから雇ってくれたんだろう？」

「事務員の名前は？」

「フェミナ・トリア。彼女が言うには、スティーリアの大切な友達にオーシャンがいて、そのオーシャンが提案したから、スティーリアがカロン大公に進言したんだと」

「新しいビッグ・フォアが生まれたお祝いをしませんかって？　なんで？」

「スティーリアの大切なオーシャンが、フォーヴと仲良くしたがってるからって」

「四大《エレム》が四獣《フォーヴ》と仲良くしたい？」

パソコン画面から顔を上げて相手を見た。サンダルを履いて缶ビールを飲みながら

手帳を繰っていた相手も、つと顔を上げて、

「悪いことじゃない。むしろ歓迎すべきことだと思う」

「スティーリアの大切なオーシャンが誰か」

オーシャンは人間ではないのだが、ビアンカには感覚的に人という扱いしかできない――

「せめて名前でもわかってる？」

「ピスキス。トリアが言ってた。スティーリアの、それは大切なお友達だって」

ヒューマノイド（スティーリア）とオーシャン（ピスキス）の恋愛沙汰はどうでもよかったが、カロン大公にビッグ・フォア誕生を祝ってやろうという気にさせたピスキスという名のオーシャンには花丸を付けておこう。話の持っていきようによっては金脈になる可能性大だ。

「大学のほうはどうだった？」

「ヴィオレ教授は興味なさそうだ。ビッグ・フォアが生まれたことも〈三美神の調和〉についても」

「あなたの感触では？」

「嘘じゃないなと思った。ただ、〈トライアルアンドエラー〉の存在には肯定的だっ

た。カウサ説を推し続けてる。ブラックホールの噴射が確認されたのは事実だから」

「〈三美神の調和〉あっての〈トライアルアンドエラー〉なのに〈三美神の調和〉には興味がないっていうの？」

「あっての、っていうのは——きみが言いたいことはわかるけど——〈TAE〉は〈三美神の調和〉が失敗したから生まれたんだ。成功してたら生まれていないわけで、だから教授が〈調和〉そのものについてはどうでもいいと思っていても矛盾はないよ。〈TAE〉の存在を認めているというだけで、〈調和〉の成否そのものには関心がないんだ」

なるほど。パソコンの録音マイクが拾っていく会話が画面上の小窓《サブ・ウィンドウ》に活字となって記録されていくのを確認しながら、ビアンカはゆっくりと大窓《メイン・ウィンドウ》をスクロールしていった。捜しものがなかなか見つからない。

「教授についてはまだある」

手帳を繰りながら相手が言った。

「強く印象に残った教授の言葉がある。教授は言ったんだ。〈TAE〉の存在確認よりずっと宇宙規模的な大スクープがあるとしたら、それは〈異世界開口《オープニング》〉だろうって」

スクロールする手を止めて小窓に目をやった。オープニング――？

「あり得ないわ。確かめようがないじゃない」

「おれもそう言った。〈ＴＡＥ〉はヒューマノイドだから捜しようがあるけど、〈オープニング〉は開かれるまでわからないんだから捜しようがない。その確かめようのないという事実を、教授は地味で目立たないものだと表現した。その心は？」

　パソコン越しに顔を見合わせた。

「……ありふれた現象だから気づきにくい？」

「さすがビアンカ先生」

「だからってしょっちゅう開いていることにはならないわ」

「開き方にもよるんだと思う。行方不明者の数がゼロだった年は一度もないからね」

　空けた缶をクシャッと握りつぶして立ち上がるとデスクを回ってビアンカの背後に立った。

「捜しものは見つかった？」

「まだよ――――やめて」

　首に回された腕を肩を揺すって払いのけ、マイクを切った。

「公私混同はしないって約束したわよね？」

「なんとなく覚えてる」

「空き缶をそんなところに置かないで」

彼は給湯室へ行って空き缶を捨て、新しい缶ビールを持って出てくるとソファに戻った。マイクをオンにしてビアンカは言った。

「教授についてほかに何かある？」

「いや」

「じゃあ高校の先生のほうはどうだった？」

「ペンナ先生は聡明だけど、シャイな人だからたいした収穫はなかった。ビッグ・フォアのあいだに子どもができれば、すばらしい生命体になるだろうとしか言わなかったよ」

かといって同じ質問をヴィオレ教授にすればそれこそ適当にはぐらかされたに決まっている。ビアンカはマイクを切った。

「わかったわ。ビッグ・フォア生誕祝いが告知されたらトリアは信用できる相手としてマークしてて。オーシャンに繋がるスティーリアの線は消したくないから。ヴィオレ教授はもちろん、ペンナ先生ともコンタクトを続けてほしい」

「わかった。で、【レジェ】はどうする？　そういつまでもほったらかしにしておくわけにはいかないだろう?」

　ビアンカはため息をついた。

【レジェ《宇宙平和団体》】は【ウラニア《宇宙観察機構》】や【アリエナ《異星交信局》】同様、カロン政府お墨付きの立派な公的機関だから偽造名刺は使いたくない。

「あなたはどう思う?　娘が【レジェ】に監禁されてるっていう依頼人の言い分」

「監禁された理由がビッグ・フォアの誕生を予言した危険分子と思われたからだっていうのは荒唐無稽だからあの父親は信用できない。そもそも監禁されたという言い分がおかしい」

「それはあなたの言い分ね」

「だってそうだろう?」

　ビールをあおって続けた。

「【レジェ】はこのカロンにあまたある宇宙平和を標榜する団体の中で唯一まともな、本当の宇宙平和団体だ。だから公的機関として認められている。宇宙に貢献した実績もあって政府から何度も表彰されてる。その【レジェ】が、ビッグ・フォアが生まれることを予想したから危険な子だ、隔離しよう、なんて思うだろうか?　だいたいビッグ・フォアの誕生を言い当てたらどうして危険分子なんだ?　言い当てようが外そうが、そんな話、ローカルネタにもならない」

「危険だからではなく、貴重な研究対象だと思って囲ったのかもしれないわ」

「だったら【レジェ】はそう言ったはずだ。特待生として預かりますって。そんな説明はなかったと父親は言ってる。だけど【レジェ】の入会説明を聞きに行った娘はそれっきり帰って来ない。【レジェ】からも何の説明もない。新しいビッグ・フォアが生まれることを言い張った危険な予言者と見なされたからだ。だから娘は【レジェ】に監禁されている。ナンセンスだ。娘は【レジェ】の外に出てから行方不明になったんだ。【レジェ】に監禁されてるなんて、エリート意識の高い父親の妄想もいいところさ」

思想・信条の自由を理由に【レジェ】は個人面談の内容を一切公開しない。憲法上しなくていいことになっているから警察もシャットアウトされている。

「娘が【レジェ】の外に出たかどうかは確認できていないわ……父親が迎えに来たという証言があるだけで」

「そこさ。ビアンカ先生はいいかげんランパス警部補の言い分にメスを入れることを覚えるべきだ。いくら長年のつきあいがあるからって——」

「長年のつきあいがあったからこの仕事ができてるのよ。そのことは話したわよね、あなたを雇うときに？」

　話したことはまだある。雇用契約の条件の一つをルシオラ東部在住者のみとしていること。理由は簡単、来てほしいときにすぐ来てもらえるところに住んでいてほしいからだ。目の前の若者は北部から越してきて東部の住民票を取得したその足で職安へ直行し、三日後、ビアンカの前に現れた。互いにとって実に幸運なことだった。

「それで？　あなたの言い分の続きを聞くわ」

「【レジェ】から一般人専用出口の〈宵門〉まで迎えに来るよう連絡をもらった父親が門前で娘を迎えたことを、娘を門まで連れて行った【レジェ】のスタッフと守衛が見ている。監視カメラの映像でも確認できている。警部補が教えてくれたのはそれだけだ。問題はそのあとじゃないか。娘が〈宵門〉の向こうへ舞い戻ったなんてことは確認できていない。できるはずないさ。戻ってないんだから。娘が【レジェ】の門の向こうへ戻っていく姿は監視カメラにも映っていないはずだ。その事を警部補に
――」

「訊いたわ」

　ひと呼吸置いてからビアンカは続けた。

「守衛が〈宵門〉を開ける前に監視カメラが不具合を起こして――」

「タイムリーだったね、いやまったく。〈宵門〉は一般人専用の出口だから公共交通機関に一番近い位置にあって、監視カメラは門のそばの樹木に設置されているけど守衛所は置かれていない。スタッフと守衛は娘の父親らしき男が門の向こうに立っているのを見た。守衛が門を開け、スタッフが男の身分証明証——運転免許証だった——を確認し、娘も笑顔で男に手を振りながら門の外へ出た。門を閉めた守衛とスタッフは引き返した。門の外にいた父娘のことは振り返って確かめたわけではないからわからない、市内へ続くプロムナードを下りていったはずだとしか言いようがない。二人はそう証言したけど、いかんせん監視カメラが役立たずだったから証言が事実かどうかは確かめようがない。その場には【レジェ】側の人間二人と父娘の四人しかいなかったわけだから、この手のトラブルが持ち上がった場合、頼れるのは監視カメラだけだ。そのカメラがイカれてたっていうんだから——カメラの不具合が発生した時刻については【レジェ】から呼ばれた政府公認の監視カメラ専門技師が確認しているわけだから——【レジェ】も大いに困った。父親から娘を帰せと言われて。だけど大ごとにはしたくない。マスコミが怖い。それで事を穏便にすませてもらえるよう、顧問弁護士に相談した結果、解決の近道として選ばれたのがなんとルシオラ東部警察の——」

「ランパス警部補だった。そして娘を【レジェ】に誘拐監禁された、助けてほしいと願う父親が頼ったのがウチだった」

言ってビアンカは抽斗に手をかけた。フームス《電子煙草》を吸いたい。

「わかった。もういいわ。依頼人である父親には明日会うことになってるから、【レジェ】に接触する段取りはそのあと考える」

「わかった」

缶を開け、上げ底ブーツを履き、空き缶とサンダルを両手にぶら下げてソファから立ち上がった。さして疲れているようには見えない。それでもどこかうら悲しそうに見えた背に、ビアンカは覚えず声をかけた。

「ケイル」

振り返った男に、抽斗をゆっくりと開けながらビアンカは言った。

「いつもありがとう」

「どういたしまして」

「明日ここへは十三時だったわね?」

「うん」

「お姉さんの具合はどうなの?」

「一進一退てとこかな。日によって違うんだ。記憶がはっきりするときと、そうでないときと」

ケイルの六つ離れた姉は若年性認知症で〈ヒュプノス〉という認知症者専門のケアハウスに入っている。ルシオラ北部から引っ越してきてすぐ、父親はフォルミカ北部へ単身赴任、美容師免許をフル活用して働いている母親とケイルが交代で週一、面会に行っていた。明日はケイルの番で、急ぎの仕事はないから休んでもいいと言ったのだが、気晴らしになるから出勤したいという返事に何も言えなかった。ケイルは当たり外れがあるという言い方をした。ケアハウスへ会いに行っておしゃべりできれば当たり、無言の行を強いられたり癇癪を起こされたりしたら外れ。

「〈ヒュプノス〉へ行くのはイヤじゃないんだけどね。景色のいいところだからイヤされる」

ビアンカは微笑んで見せた。〈ヒュプノス〉へは過去に一度だけ仕事絡みで行ったことがある。緑豊かな丘陵地帯に建っており、柵が巡らされた駐車場からはルシオラで唯一の汽水湖であるマリライ湖を見下ろすことができる。

「たっぷりイヤされてきてちょうだい」

「ありがとう」

答えたケイルが壁の向こうへ消え、空き缶が捨てられた音がし、事務所のドアが開き、閉まる音がした。同時に抽斗から取り出したフームスを口にくわえ、むしゃぶるように吸いつける。最初の煙を吐き出してからパソコンの画面に——向き合って続ける気でいた仕事をやめた。

パソコンをシャットダウンして椅子を離れ、くわえ煙草でデスクを回ってソファにドシンと腰を下ろした。ケイルとの会話の流れで、まず【レジェ】の件を考えた。

【レジェ】はサナトリウムさながら——それこそ〈ヒュプノス〉と同じく人里離れたルシオラ東部の田園風景を見下ろす高台に建っている。天体望遠鏡やデジタル分析装置、サトナヴ《衛星測位システム》といった高性能装置に加えてプラネタリウムまであるのは【ウラニア】や【アリエナ】と同じだが、それらの装置や施設を【レジェ】は本部と同じ敷地内に置いているからその面積の広さは大病院や大学の比ではない。【レジェ】全体が一つの村のようなものだ。

【ウラニア】や【アリエナ】が事務所と現場を行き来するのに車や公共交通機関を使って下手すれば数時間もかかるところを【レジェ】は車や、自転車でも数十分でできる。

その代わり各所に関所となる門を設けて敷地内の出入りは厳重にチェックされてい

るが、広すぎる敷地は盲点も生まれやすい。だからこんなトラブルも起きる。ランパス警部補とのやり取りを思い出す。

〝DNA鑑定装置《ミーレス》を使っても娘の痕跡を見つけることはできなかった。【レジェ】に娘はいないよ。法廷で争っても勝てる〟

〝ミーレスを使うことに同意して娘の部屋から探し出した毛髪と自分のそれとを提供した父親が嘘をついているなんて私には信じられません。提供された髪の毛は間違いなく父娘のものだったのでしょう？〟

〝むろん。DNAの一致が確認されないとミーレスは作動しないからね〟

〝娘を手元に置いておきながら【レジェ】を監禁罪で告発する父親の心理が私にはわかりません〟

〝思うに部長刑事――失礼、ビアンカ先生。あの父親の言い分だけに焦点を当てるべきだと私は思う〟

娘は日頃から新しいビッグ・フォアが誕生するということを口にしていた。それを異質なこと、あるいはいけないことと感じていた父親は、ビッグ・フォアが生まれることについて話し合うために【レジェ】の入会を考えた娘を叱った。ビッグ・フォア誕生に関する詳細を【レジェ】に知らせ、ビッグ・フォアが生まれたあとの宇宙について考えていきたいと繰り返す娘に、ビッグ・フォアなどという宇宙の魔物は存在しない、あんなものはおとぎ話だ、だいたいフォーヴがいるというティエラ銀河系だって本当にあるのかどうかもわからない。

言い争う日々を経て、娘は行動を起こした。

たとえ入会説明会であっても【レジェ】の出入り——特に出るのは難しい。説明会は随時開催されており、その門を叩くのは容易だが、一度【レジェ】の敷地内に足を踏み入れた一般人が門の外——シャバへ出るには身内の出迎えがなければならない。免許証なり保険証なりＩＤカードといった公的に認められた身分証明証を持参した身元引受人が来てくれなければ一人で勝手に出て行くことができないのだ。

それを承知で説明会に参加した娘は臆せず父親に迎えに来いと知らせた。父親は娘可愛さに負けて迎えには行ったが腹立たしさのあまり娘監禁説をでっち上げた。【レジェ】を悪者にしたかった。困らせたかった。

ティエラ銀河とかビッグ・フォアとかを当たり前のように捉え、情報発信することで世間を惑わせ、宇宙平和に貢献していると謳って政府の信頼を得、得たことを看板にして儲けている大規模団体に対する不信感が根底にあったからだ。

というのが警部補の考えだった。ミーレスを忍ばせて父親の家にも行ったが娘の不在を確認しただけだったという。

〝娘に話を聞くことができない以上、父親に焦点を合わせるしかない。娘がビッグ・フォアの誕生を言い出したことに拒否反応を示したのはジェネレーションギャップで説明がつくとしても、娘がなぜビッグ・フォア誕生を言い出したのかは父親にもわかっていないわけだ。予知能力というものを信じていないのだったら、なぜいきなりビッグ・フォアなのかということに疑問を持たなかったのだろうか？　そこを突けば娘不在を言い張る理由もこぼれてくるかもしれない〟

出るところへ出ても勝てると【レジェ】に納得させることができたことでランパス警部補の仕事は一応片付いた。あとは【レジェ】が毅然とした態度で父親に門前払いを食わせていればいい。ああいう団体は毅然とした態度は得意だ。なにせ宇宙を相手にすることで利益を上げている、上げることができているのだから。

こっちはそうはいかない。まったくタチの悪い依頼人だ。自分が隠している娘を捜し出せというのはフェアではない。情報操作をされては動きようがないではないか。

しかしランパス警部補の言葉はビアンカ先生に一筋の希望の光を与えた。

なぜビッグ・フォアなのか？

娘はなぜビッグ・フォアが誕生すると言い張り、そのことを話し合いたいからと

【レジェ】の門を叩いたのか？

そもそも話したかった相手はなぜ【ウラニア】や【アリエナ】ではなかったのか。【ウラニア】や【アリエナ】は政府機関だから敷居が高く、【レジェ】は政府公認とはいえ一般人に広く門戸が開かれている民間団体だから単に【レジェ】会員になりたかっただけかもしれないが、入会審査判定に有利になると思って予言者を気取るなら、ほかにでっち上げかたはあったろう。早い話、〈TAE〉が生まれます！　でもよかったのではないか？

しかし娘が言い張ったのはビッグ・フォア誕生だけだった。

フームスの吸い殻をゴミ箱に投げ捨ててデスクに戻ったビアンカは依頼人ファイルを取り出した。日付を確認すると、父親から娘を捜してほしいという依頼があったのは確かに新生ビッグ・フォアのニュースが流れる前だった。新しいビッグ・フォアの誕生をフォーヴが認めたという【アリエナ】からの報告があったのは先々月。娘は三ヶ月以上【レジェ】に監禁もしくは行方不明になっていることになる。

娘の予言が的中して新しいビッグ・フォアの誕生がニュースになってから父親に会ったときのことを思い出す。

〝やはり娘には予言する力があったということですね。今後ますます【レジェ】のいいようにされるでしょう。そんなことになる前に、どうか娘を【レジェ】から助け出して下さい〟

あなたからではないのか。一度そういったことを匂わせただけで激高された過去があったのでその場は素直に相手の言い分を入れて収めた。そんなことがあってのち、明日会うことになっている。

その前に新生ビッグ・フォアに関する情報を仕入れておくにしくはない。

そう考えてケイルに動いてもらったのだが。

パソコンのそばに置いてあったコミュニケーターが振動してメールの着信を知らせたので開くとジュジュからだった。

《がんばった。われながらものすごくがんばった。でも収穫ゼロ。娘は間違いなく家にも【レジェ】にもいない。思うに父親は嘘をついているのではなく、せん妄にかかっている。委細後日。疲れたから寝る》

時計を見た。二十一時を回っていた。ビアンカにはまだ二十一時だが早寝早起きのジュジュにはもうなのだろう。だろうが——ワンプッシュで電話をかけた。出るまで鳴らし続けてやる。コール音八回で出た。間髪入れず言った。

「せん妄って何よ。あの父親はまだ六十《地球人の四十くらい》よ？」

〝そしてあたしは八十《地球人の六十くらい》よ。もう寝ないと明日に差し支える〟

「働き盛りが何言ってるの。せん妄は高齢者特有の意識障害でしょ」

〝意識障害に年は関係ない〟

「大きな病気も手術もしてないしヤバそうな薬ものんでないわ」

〝けどヤバい目には遭った。娘がビッグ・フォア誕生を連呼する。これってあの年代の父親にはかなりヤバいストレスだったと思う〟

しばしの沈黙を破ってビアンカが言った。

「娘はどこにいると思う？　あなたの考えを聞かせて」

〝居場所まではわからないけど【レジェ】の門を出たあとの娘のことはなんとなく想像がつく。親父と一緒にプロムナードをしばらく歩いたあと、【レジェ】に戻る口実を設けて親父と別れた〟

「どんな口実が考えられる？　親父に疑念を抱かせないような？」

〝わからない〟

「わからないって――」

〝でも親父は納得して娘をフリーにした。娘はプロムナードを戻っていった――フリをしてきびすを返し、親父のあとを追う形でこっそりプロムナードを下って市内《まち》へ出た〟

「だから親父はどうして納得したのよ？」

〝だからせん妄にかかってたんだって〟

ジュジュへの呼びかけ方を会話の最後まで〝あなた〟で通せたことは一度もなかった。話の流れで〝あなた〟と〝あんた〟が混在する。

「あんたが言うせん妄はまるで催眠術じゃない」

〝そうさ。娘が親父に催眠術をかけたんさ〟

「どうやって」

〝若者のあいだで流行ってるドラッグのこと知ってるよね？〟

「あたしが知ってるのは流行ってるってことだけ」

〝豊富な種類が出回ってるけど、なかでも一番タチの悪いのが〝ゾーン〟てやつ。共同生活者と一緒にヤッてると互いに暗示をかけやすくなるの。噂じゃ念の飛ばし合いもできるようになるらしい〟

「話半分に聞いとく」

〝それでいい。だけどビッグ・フォア誕生を言い続けて親父をせん妄にしたのも娘なら、【レジェ】に戻る必要があると言い聞かせてプロムナードを戻っていったのを、

【レジェ】に監禁されたと親父に思わせたのも娘だ〟

「催眠術とかドラッグ効果とか、そんなうさんくさい――」

〝うさんくさかろうがなかろうが、娘はビッグ・フォアが生まれると言い張った。あたしが引っかかってるのは実際にビッグ・フォアが生まれた事実なんだけど、とにかく新しいビッグ・フォアは生まれて予言した娘は姿をくらました。【レジェ】のせいだと親父を納得させるに充分な展開だ。だけど娘は【レジェ】にも親父のもとにも――〟

「親父のもとにもいないのは確かかね？」

〝あんた〝聞き耳頭巾〟のことは知ってるよね？〟

「よく知ってる。あんたが元フォーヴだってことと同じくらい」

〝それが全然役立たずなんだわ。この東部にはほとんど仲間がいない。いても今度の件には無関係なところで野生暮らしをしているかペットになって飼われてるかで、マルドゥク地区には在来種しかいない〟

マルドゥク地区は父娘の家がある新興住宅地だ。

「それで？　がんばってくれたんでしょ？」

〝元フォーヴに知り合いがいるっていうヤモリをつかまえた〟

ジュジュはフォーヴでは狸だったから文字通り狸が前足でヤモリのしっぽを押さえた図が浮かんだが、今は八十のオバサンになるカロン人だ。在来ヤモリが元フォーヴとどうして知り合ったのかもこの際どうでもいい。

〝あたしの〝聞き耳頭巾〟が誰かの、つまり動物の独り言を拾ったから飛んでいったらヤモリがいたんだ〟

むろん、自家用車を飛ばしてだ。野生の狸になって走って行ったわけではない。カロンで人間として生きることを選んだジュジュはもう狸には戻れない。そんなジュジュには試練が待っていた。

動物型生命体のフォーヴには人間への憧れが極端に強い種がある。憧れるだけではなく、人間になることを心決めて、それに必要な面倒な手続きも苦に思わずトライするものも多々いる。

人間を選んだフォーヴは二十代でも八十代でも、必要な手順を踏めば、その年齢から出発してカロン人となり、カロン人という人間の生き方を満喫できる。カロンでの居心地が良ければ定住するもよし、悪ければペットを選んだ者と違って、病死という形でカロンを去り、故郷のフォーヴへ還ることもできた。

しかし不慮の事故死、災害死では還ることはできない。あくまで自分の意志で選んだ死でなければフォーヴ本来の姿に戻ることはできなかった。つまり死に至る病を自分で選び、闘病を覚悟する必要があった。自殺は自分で選べるが禁じられている。自殺という選択肢はないだろうとビアンカは思う。人間を選んだフォーヴが自殺したくなるような目に遭うことはないからだ。

　ちなみにカロンでペットとして生きることを選んだフォーヴに放置死や虐待死はなく、必ず幸せな寿命を迎えることができる。そのかわり二度と故郷のフォーヴへは還れない。

　人間を選んでカロンを目指し、フォーヴを飛び出したときのジュジュはまだ十歳だった。めでたくカロン人になって——元が狸だから化けてと言いたくなるが——恵まれた生活環境を経てバリバリのキャリアウーマンとなり、独身貴族を謳歌してカロン人サイコー！　カロン人バンザイ！　を叫んでいた六十《地球人の四十くらい》の年、不運な交通事故に遭って車椅子生活を余儀なくされた。健常者時に運転免許を持っていれば日常生活は車椅子でも自動車の運転はできる。医師が診断書を出してくれて免許センターの適性および実技審査をクリアすれば身障者用の車——補助金はでるが万全な安全対策を講じている特別車だから高額であることは間違いない——を運転することができる。

〝親父の家のダイニングキッチンの窓にへばりついてた。〝聞き耳頭巾〟で話しかけたら素直に答えてくれた。勝手口の常夜灯に集まる羽虫が美味しいから棲み着いて久しいんだと。ちなみにフォーヴでは昆虫は食料としてしか存在してなくて人間になる資格もチャンスも与えられていない〟

「知ってる。あたしが知ってることはあなたも知ってるはず」

生命体には変わりないのに不公平じゃないかという話になったとき、ハエやカその他を例に出してカロンよりはずっと公平だとジュジュが答えたことを思い出す。食物連鎖のルールにちょっかいを出す人間という生命体がいないから、フォーヴはカロンよりずっと健全なのだ、宇宙には昆虫天国の星だってきっとある、あたしらが知らないだけで、と講釈をたれたことも。

〝あたしと会話ができたのは元フォーヴの知り合いがいたからだけど、そのへんのことはお互い穿鑿なしってことで、ヤモリはあたしの質問には丁寧に答えてくれた。娘の姿は長らく見ない。詳しく訊けば、親父が【レジェ】へ娘を迎えに行った日をさかいにだった。ダイニングキッチンの窓の明かりが長く灯るようになったのはそれからだったからよく覚えてたんだと。毎晩飲んだくれて、ベッドがある自分の部屋の二階へは階段を這っていくようなありさまだったたって〟

父親は嘘を言ってはいなかった。とうにミーレスが証明していたことだ。かといって娘が父親に催眠術をかけていたなどとは——

〝娘には娘の言い分があるんだと思う〟

「だったらその言い分とやらを表明すればいい。ビッグ・フォア誕生を言い張った理由も含めて」

〝したくてもできないのかも。だから雲隠れしたんだとすれば——〟

「父親を苦しめても？」

〝身内を苦しめることは些事にすぎないと思えるほど、何か大事なことを抱え込んでいたのかもしれない〟

「何よ？　身内を顧みないほど大事なことって？」

〝たとえば——ビッグ・フォアが生まれることをカロン人に知らせることだったとしたら？　相手は誰でもいい、ただただビッグ・フォア誕生をカロン人に知ってほしかった、知らせたかった〟

「それがそんなに大事なことなの？」

〝わからないけど、ソーシャルメディアで発信できる類いの情報ではないよね。どうしてそんなことがわかるんだって即炎上だもん〟

だからまず身内につぶやいて、それを理由に【レジェ】行きを言い張って——

「【レジェ】に知らせたかったのかな？」

〝親父よりは聞く耳を持ったろうしね〟

しかしその点を【レジェ】に確かめることはできない。説明会にやって来たカーラと面談したことを認めただけで、面談内容は守秘義務を盾に話さない。ランパス警部補も、支部長にはいくらでも会えたがカーラのことは何も聞き出せなかった。

「元フォーヴのあなたにもビッグ・フォアのことはわからないの？　近々生まれるみたいだとかなんとか、そういう噂なんかを察知できたりはしないわけ？」

〝しないしない。あたしはもう人間なんだよ？　フォーヴだったとしてもわからないね、ビッグ・フォア誕生に関することは。フォーヴとビッグ・フォアは、そりゃ、根っこは一緒だけど、あたしらごく普通のフォーヴに普通じゃないビッグ・フォアのことはわからない。ごめん、もう寝る。でも――そうだ、明日親父に会うんだっけ？　何時に？〟

「十時」

〝じゃあ九時にうちに来て。渡したいものがある。ヤモリと話してて思い出したんだ。娘の捜索に役に立つかどうかはわからないけど、あんたが持ってて損はないと思う。おやすみ〟

一方的に切れたコミュケを、ビアンカはぎゅっと握りしめた。

翌朝九時、ビアンカがオンボロ愛車のムスタングをジュジュの私道に乗り入れると門が開き、車寄せに停めるとジュジュが出てきた。客間に招いてお茶の一杯でも、なкакという相手ではない。ビアンカもそんなことは期待していないから外へ出ることはせず、窓を開けてジュジュが近づいてくるのを待った。

「おはようさん。いい天気だね」

車椅子を優雅な手つきで操りながら――ジュジュがハンドリムを回す動きはまるで上半身だけがスーッと浮いてくるように滑らかだった――運転席の窓までやって来たジュジュは膝の上に乗せていた小さな黒い巾着袋を取り上げて、

「あんたにあげようあげようと思いながら忘れてた。思い出したのはあげるタイミングが来たからなんだと思う」

「何なの?」

「あたしのうんちの化石」

「朝からあなたの冗談につきあってるヒマはないのよ」

「真面目な話だよ。それこそクソがつくほどの。あたしと知り合ってから狸についてはいろいろ調べたろう？　ため糞のことは？」

「ええ、知ってる。狸の習性なんでしょ？　だからって――」

「フォーヴ狸はカロンの狸とは違う。狸でなくてもね。フォーヴはカロンの在来種とは違う。だから同じ狸でもカロンの狸とフォーヴ狸だったあたしは全然違う」

「わかってるわよ」

いらついてきた。依頼人との憂鬱な面会を控えている。ジュジュの排泄物をありがたく頂戴する気分にはほど遠い。

「だから何よ？」

「これはあたしのマモリーでもあったの。なんせあたしの一部だったんだから」

「それを言うならメモリーよ」

「こんな体にはなったけど、このカロンで何不自由なく生活できるようになって以来、もう手元に置いておく必要もないなと思ってた。マモリーは役目を終えた。だから手放すことにした。手放すからには役に立ってもらいたい」

窓越しに巾着袋をビアンカの膝の上に落としたジュジュはゆっくりと続けた。

「持ってるだけでいいから。お守りなのよ。だからマモリー」

あなたの糞《クソ》が？　口に出す代わりにビアンカは巾着袋の口を開き、一瞬ためらったが中身を手のひらに振り出した。親指大の黒い物体がコロンと出てきた。ジュジュは化石とのたまったが、形状といい色といい、見るからに糞には違いない。すぐ袋に戻してジャケットのポケットに押し込み、手指の匂いをかぎたい衝動を懸命に抑えてエンジンをかけた。ジュジュに向かってぎこちない笑みを見せる。

「わかった。マモリーね。ありがと。じゃ」

何か言いかけたジュジュを無視して車を出した。

九時五十分。息せき切って事務所に飛び込んで来た父親が言った。

「娘からメールがきたんです、ええ、私のコミュケに。ちょうど階段を上がっていたときでした、ええ、見て下さい」

父親が見せたコミュニケーター画面には、

《ごめんねお父さん、本当にごめん。あたしは大丈夫だから。今朝【レジェ】がやっと外に出してくれたんだ。入会資格はダメだったけど、お父さんを心配させたことを謝ってた。待遇も申し分なかったよ。だからもう【レジェ】のことを悪く言うのはやめてね。十一時にモルス・パークまで迎えに来てくれないかな。ランチしよう》

画面から目を上げて父親の様子を観察した。晴れ晴れとしていて、どこかキョトンとしたふうにも見える。ジュジュの催眠術説がよぎり、穏やかに、慎重にビアンカは言った。

「よかったですね。カーラさんからのものに間違いないんですね?」

「もちろんです。なりすまし防止フィルターはかけてあります。この文面は間違いなく娘のものです」

「では、このあとモルス・パークへ?」

「ええ、再会を祝ってご馳走してやります」

「どこでです?」

「何がですか?」

「どこで再会祝いのランチをするのです?」

「決まってるでしょう。モルス・パークでですよ」

モルス・パークは動物霊園だ。美術館と違ってカフェテリアすらない。娘もモルス・パークでランチしようとは言って(書いて)ない。

「カルボスさん。本当におめでたい(いやまったく)ことです。こんな形で解決したとなるとこちらとしても必要経費以上のものを請求することはできません」

「そうでしょうとも」

胸を張ってうなずく。依頼を受けたときから高慢ちきな男だと思っていたが、そんな態度も今では気にならなかった。

「ただし解決したという証拠をいただきたいので私も同行させていただきます」

「ドーコーとは？」

「私もあなたと一緒にモルス・パークへ行って、あなたとお嬢さんのツーショットを撮らせていただくということです」

「なるほど。解決したという立派な証拠になりますな」

ここからモルス・パークへは五十分はかかるがムスタングの密室内で面談の続きを
――

「ではのちほど」

言って立ち上がった相手を慌てて呼び止めた。

「待って下さい、モルス・パークまで同行させていただくと言ったでしょう？」

「ランチ代を取りに家に帰りたいのです。お恥ずかしい話、財布がさびしいのでね。すぐ戻りますので」

ビアンカも立ち上がった。家に帰る？　クレジットカードもキャッシュカードも
――そうか。クレジットカードやキャッシュカードを持っていても、もう彼には意味

がないのだ。

ここからマルドゥク地区へは車で十分。カルボスは車――小型のトド――でここへ来ている。自宅と往復させてはモルス・パークに着くのは確実に十一時を過ぎる。問題はそんなことではなかった。カルボスは家には帰らない、帰れない。ここを出たその足でトドを駆ってモルス・パークへ行くだろう。

ジュジュの、娘が父親に催眠術をかけた云々説を確信したビアンカはすばやく頭を巡らせた。

娘は父親だけを来させたいのだ。ビアンカが一緒に行くと決めたことをなぜ知った？

父親をコントロールしている。それが催眠術かどうかとしても。判っているのは、父親の視聴覚を通してビアンカとのやり取りが筒抜けになっている。

これは催眠術のレベルではない。はるかにその上をいっている。この場を可視化されている。どうしたらいい？

「待って下さい、送迎します」

物理的にカルボスと一緒にいるのはあたしだ。つかんだショルダーバッグを斜め掛けにしてキーフックから事務所とムスタングのキーをひったくる。抽斗の中の拳銃は考えなかった。必要になるとは思えない――思いたくなかった。

「ご自宅へは私の車で行きましょう」

カルボスを絶対に放すものか。いざとなればトイレにもついて行く。あからさまに迷惑そうな顔をしたカルボスの背にそっと優しく手をかけた。本当は腕をわしづかみにしたかった。

「あなたのトドは大丈夫、ここへ置いておけば」

しゃべり続けることで相手に口を開かせない。この状況をカーラがどう思おうが知ったことではない。

「ご自宅からモルス・パークへ向かいます。ええ、必ず十一時に間に合わせます」

カルボスに逃亡を企てる気配はなかった。カーラもさすがに生身の人間の動きまではコントロールしかねると見える。カルボスを押し出すようにして事務所のドアを出て鍵をかけ、一緒に階段を下りた。カルボスは妙におとなしい。黙ってビアンカの言うとおりにしている。黙り続けたまま、素直にムスタングの助手席に乗り込んだ。

「シートベルトをお願いします」

自分のシートベルトをかけ、エンジンをかけたビアンカはカルボスを見た。薄ら寒さが全身を這い伝ってきてすぐには声が出なかった。カルボスは両手をだらりと下げたまま、じっと前を見ている。その横顔に生気はなく、まるで――そう、まるで魂を抜かれた蝋人形のようだった。

声をかけるのをやめたビアンカは自分のシートベルトをはずし――ムスタングは頑丈なだけがとりえの大型車だから助手席とのあいだも無駄に広い――カルボスの体を押さえつける格好になりながら腰を浮かし、腕を伸ばして助手席のシートベルトを引っ張り伸ばしてカルボスに掛けた。カルボスは何も言わない。じっと前を見つめたままだ。まったくの無表情で。

ムスタングはモルス・パークへ直行した。

蝋人形とのドライブ――信号無視もいとわず飛ばしに飛ばしたので五十分かかるところを三十八分間で走破――はスリルがあった。カーラがいつ何を仕掛けてくるかわからなかったからだ。そのかんシートベルトを着けられたカルボスは前後左右、カクンカクンと揺れながら前を見続けていた。

モルス・パークへは何事もなく着いた。平日の昼前、樹木に囲まれたただっ広い動物霊園の駐車場には従業員用のスペースに三台が停まっているだけだった。一台が黒塗りのローラ――高級中型車だったことに妙な違和感を感じたが、高級車を乗り回す一般人はいくらでもいる。

本館のエントランス真ん前に駐車したビアンカはエンジンを切ってしばらく周囲を見回した。異状なし。外へ出た。あらためて辺りの四方八方へ目を飛ばす。静かだった。ときおりピーヒュイ、キキッと鳥の声がする。助手席側のドアの横に立ち、十一時になるのを待った。カルボスは変わらず蝋人形のままだった。シートベルトを締めたまま放心した顔で前を見つめている。ふっと哀れになった。飲んだくれになりながら娘の帰宅を心待ちにしていた。やっと会えるとわかったのに――

カーラが現れたのは指定時間三分前だった。本館から向かって左手、雑木林に沿って造られた石畳のプロムナードの奥からゆっくりと歩いてきた。写真で見たとおりの、ぽっちゃりめで丸顔、軽くウェーヴがかかったショートカット。警戒心をマックスにしたが、相手から敵意は感じられなかった。近づいてくるにつれ、父親が調書に記入した二十歳よりやや老けて見えるな――そう思いながら身構えていたとき、ふいに体の右側が温かくなっていることに気づいた。太股の、ちょうど上着のポケット辺り

――

「ビアンカさんですね。父と二人きりで会いたかったのに。いえ、あなたを責めたり怒ったりしているわけではありません。父にありがとうを言いたかった、感謝の気持ちを伝えたかった、それだけです。これまで育ててくれてありがとうと。父子家庭の

生活に何の不満も不安もなかった。父が独身中年だったことはわかっていましたから。父は本当にいい父親でした。母親がいなくても、中学生だったあたしをこの年になるまできちんと養育してくれた。そのお礼を言いたかったのです。でも、あなたが一緒に来るというので」

ビアンカの肩越しに父親の顔をのぞき込んだカーラはそっと息をついて、

「仕方なく父には眠ってもらうことにしました。お人形になってもらうことにしたのです。あとでゆっくりお別れの挨拶をすればいいと思って」

お別れの挨拶？　父親に？

そうだ、カーラはなんと言った？

父が独身中年だったことは**わかっていましたから**――

**中学生だったあたし**をこの年になるまできちんと養育してくれた――

ポケットが温かい。いや、温《ぬく》いのではなく、熱くはないが、暖かい。まるでカイロが発熱しているかのように――

「あたし、カーラをやめるんです」

**カーラをやめる**――

さりげなくポケットに手を入れたビアンカはやっと理解した。

カーラは元フォーヴだった。そのことをジュジュが教えてくれていたのだ。正確に言えばジュジュのクソが。

カロンではフォーヴ移民現象は暗黙の了解だった。カロン人になりたい、あるいはカロン人のペットになってカロンで生活したい、そんなフォーヴがカロンを目指し、首尾良くカロンに入り込むことは見て見ぬふりではなく、見ず見ぬふりをしていた。カロン人にはオーシャンという人間型ではない生命体との切っても切れない関係性があることを呼吸同然、無意識に理解しているから異星生命体にはよく言えば寛容、悪く言うなら無関心だった。カロン人に迷惑をかけないなら好きにすればいい。こっちにはそっちが異星生命体の動物すなわちフォーヴだとはわからないのだから。

頭がフル回転を始めた。【ウラニア】や【アリエナ】は政府機関だから敷居が高く、あくまでデータ収集の一環として、訪問者が異星生命体かどうかを判別する高度な装置を備えている。そんな装置を持っているところへ元フォーヴがわざわざ行きはしない。

【レジェ】は政府公認とはいえ民間団体だから異星生命体判別装置を持たなかった。つまり元フォーヴというデータを収集されずにすむ。

「【レジェ】に接触することが目的だったのね?」

考えを言葉にして相手にぶつけた。

「ビッグ・フォア誕生はその口実だった」

「ええ。あたしが【レジェ】に行きたい理由——父を納得させる言い方をほかに思いつかなかったのです。まさか本当に生まれるなんて思いもしませんでした」

「【レジェ】が目的だったのはなぜ？　【レジェ】の誰かに会いたかった？」

「それが叶えば言うことなしでしたけど、入会説明を聞きに行っただけで支部長に会えるはずもないことはわかっていましたから」

たとえば大学の入試説明会に行って学長に会えるはずはない。【レジェ】ルシオラ支部長に会いたがった理由に興味がないわけではなかったが、その点にはあえて触れずにおいた。学長に会いたいから入試説明会に行くなどという話はカロン人の理解のほかだ。

支部長に会いたかったというのはビアンカへの口実で、単に【レジェ】侵入を図っただけだったとしても、その意図を説明してもらおうとは思わなかった。カロン人となった元フォーヴがカロンでどんな行動に出ようがビアンカにはどうでもよかった。触らぬ神に祟りなしだ。それはさておき。

「【レジェ】を出て父親を煙に巻いてこの三ヶ月、どこで何をしていたの」

「知り合いのところに居候させてもらってました」

知り合いがどこの誰だったかを訊く必要も意味もない。

「今になって父親に連絡を入れてフォーヴへ還ることにしたのはなぜ？」

「フォーヴへ還るとは言ってません。でも、ええ、カーラをやめることにしたのは、この三ヶ月いろいろ考えて、そうしたほうがいいと決めることができたからです。でも」

カーラはじっとビアンカを見つめた。

「フォーヴへは還りません」

ビアンカはうなずいた。カーラが人間をやめてどこへ行こうがこっちの知ったことではない。一件落着だ。必要経費はもらっておきたい。ムスタングの燃料代にコミュケ、パソコンもろもろの通信費用三ヶ月分。

それに父親。

「お父さんとのお別れはどこでするの？　送ってあげるわ。あなたの行きたいところまで」

これはサービスだ。父娘の写真を撮らないかわりにせめて別れを告げる場所を知っておきたい。事件簿として残すために。

しかしカーラは首を横に振った。同時にムスタングの助手席のドアが開いて父親が出てきた。動きはなめらかだったが無表情のままなのでまるで夢遊病者だった。閉めたドアを背にし、娘を正面に見てもでくの坊のように突っ立ったままだ。

「お世話になりました、ビアンカさん」

父親の背にそっと手を回してカーラが言った。

「請求書は父の住所へ出して下さい。必ずお支払いします。ご不満、ご不安でしたらこれを」

自分の髪の毛を一本抜いて差し出した。

「あたしの、そう、この星でいうＤＮＡです。契約不履行を訴えるときに提出すれば――」

「結構です。不満も不安もありません。こちらが指定する口座に振り込んでいただければ確認できしだいカルボスさん宛てに領収書を送ります。紙代がかかっても紙の請求書、領収書がいいと言われてましたから」

微笑んだカーラは抜いた髪の毛を風に飛ばして言った。

「出すところへ出せばまとまったお金になったでしょうに」

「そうなの？」

金になったとは嫌な言い方をする。

「たとえばどこへ？」

「【ウラニア】と【アリエナ】には異星生命体識別装置があるでしょう？　何と言ったかしら、名前は覚えてないんですけど、あれは本当に高度な装置ですね。確かにあたしはカロン人になりましたけど、あの装置に髪の毛一本でもかけてみれば――ええ、異星生命体狩りのために作られた装置ではないことはカロン銀河系で周知されていますから、あたしたちも別に不安に駆られたりしているわけではありません。宇宙を少しでも小さくしようと――むろん喩えですよ――思って日々努力しているカロン人には敬意すら抱いています」

「だから【レジェ】？」

カーラはふっと顔を曇らせた。マネキンのように突っ立って遠くを見ている父親の背を優しくなでてやりながら、

「今現在の【レジェ】は間違った人に操られています」

「これはまた物騒なことを言うわね。なんでそんなことがわかるの。それに【ウラニア】と【アリエナ】にあなたの髪の毛一本持ち込んだところで情報提供者として金一封が贈られることもないわ。優秀なスパイとして表彰されることも」

「まず【レジェ】について言えば、今現在の支部長はある存在から遠隔操作《リモート》されているのです」

「あなたがお父さん――カルボスさんをそうしたように？」

さっと眉間にしわを寄せたカーラは、しかしすぐ穏やかな表情に戻ると、

「あたしがしたのは操作ではなく示唆《サジェスト》です」

ジュジュ言うところの催眠術だ。

「ソーンを使った？」

「はい。食事を作っていたのはあたしでしたから使いやすかったです」

おまけに聞き耳頭巾なるアイテムを使える元フォーヴなのだからドラッグの作用を利用した遠隔示唆とやらも簡単にできたとして不思議ではない。念を飛ばすという芸当は、人間同士では荒唐無稽に思えても、片方が元フォーヴという異星生命体なら、できるほうに百万クレジットを賭けてもいいと思える。ジュジュは正しかった。カーラが言った。

「確かに遠隔という意味では同じですけど、あたしの示唆できる距離は限られています。でも【レジェ】支部長を操作している存在に遠隔制限距離はないんです」

「ずいぶん遠いところから操ることができるってわけね？」

「ええ。フォーヴからリモートしてるんです」

フォーヴから？　つまり宇宙空間を股に掛けたリモート？

「支部長がリモートされていることをなぜ知っているかというと、ある存在をXと呼べば、Xが支部長をリモートしている理由があたしにあるからです。【レジェ】ルシオラ支部長の心身はXに乗っ取られています。あたしはその支部長の姿を借りたXに直接会えないことはわかっていましたから、Xすなわち支部長の砦である【レジェ】の中に入り込んでXの匂いすなわち情報のカケラを集めて武装しようと思ったのです」

「すなわち元フォーヴのあなたはXに追われている？」

追われるような何をしたかは訊かない。カーラも言わない。

「次に金一封のことですが、出すところへ出せばと言ったのは――ジュジュさんのことです」

虚を突かれた。ジュジュのことを――ジュジュが元フォーヴだったこと以外のことまでなぜ知っている？

申し訳なさそうにカーラは続けた。

「カロン人になったジュジュさんは元フォーヴのあいだでも有名です。カロン人相手にちょっとしたトラブルを作ってしまった元フォーヴの駆け込み先として、元フォーヴのあいだにおける口コミでの評判は上々です。でもたった一度、失敗しました。させたのは、ビアンカさん、あなたです」

「いったい何のことだか――」

「アビタマ」

カッとくることはなかった。もう遠い昔の話だ。こんな形で思い出すことになろうとは。

精一杯自重してビアンカは言った。

「どうしてアビタマを知ってるの」

「ジュジュさんが元フォーヴのあいだで有名だったのはどうしてだと思います？」

質問に質問で答えるのは卑怯だと思いながら黙っていた。

「ジュジュさんが公平無私のかただったからです。ご自分の失敗を隠そうとせず、窮地に陥った元フォーヴに進んで援助の手を差し伸べていました。だからジュジュさんは困窮した元フォーヴのあいだで絶大な信頼を得たのです。おのれがうしろめたいものを背負っていなければ同類のそれを下ろしてあげることはできません。もちろんあなたの名を出すこともしませんでした。以上のことをあたしが知っているのは――あなたとジュジュさんとの関係をあたしが知っているのは——アビタマの飼い主と親しかった元フォーヴとあたしが親しくなったからです。ええ、互いに元フォーヴという関係で」

「このルシオラ東部に元フォーヴはいないはず」

ジュジュの言葉を信じて言った。この東部にはほとんど仲間がいない。いても今度の件には無関係なところで野生暮らしをしているかペットになって飼われてるかで、マルドゥク地区には在来種しかいない——

「アークさんと親しかった元フォーヴとあたしが親しくなったのはこのルシオラ東部でではありません。アークさんと親しかった元フォーヴがここへ来る前です。アークさんも北部から越してきたとか」

カーラの言葉はアークという名以外、ほとんど上の空で聞いていた。苦い記憶が、苦さのあまり箇条書き形式だけで甦る。

アーク。

ビアンカが唯一真面目に真剣に愛したアークは、男女両方に恋愛感情を抱くが性的に惹かれるのは男のみというバイロマンティック・ホモセクシュアルだった。

アークは難病指定されているオーシャン病に罹患し、莫大な治療費を必要とした。

アークが雇っていた訪問看護師が元フォーヴのジュジュだった。

元フォーヴが医療従事者になるのは御法度だった。

ジュジュがどうして看護師になれたのかは今もってわからない、尋ねたこともない。

アークが飼っていた猫――アビタマというさえない名前――と会話している現場をたまたま目撃してしまい、ジュジュが元フォーヴだったと気づいた。

これがカーラの言う〝ビアンカのせいによるジュジュの失敗〟だ。思えばあのときアビタマは確かにジュジュに向かって何事かを訴えていた。それがどんなことだったのか、あのときも今も知らない。思い出そうにも記憶のしようがない。猫のアビタマが人間のルシオラ語をしゃべっていたわけではないからだ。

アビタマが元フォーヴだったのかどうかもビアンカにはわからない。わかったことは、訪問看護師が訪問先のペットと意思疎通――おしゃべりしていたことだけだった。

猫語を解す人間は元フォーヴだ。聞き耳頭巾を持っている。

そして元フォーヴが医療従事者になるのは御法度だった。

アークの入院中、ビアンカが面倒を見ていたアビタマはアークの死後、やむを得ず飼い主と別れることになったペットを保護する動物愛護団体が経営する施設〈ビオス〉に迎えられた。そこで天寿を全うしてくれたはずだ。

なついてくれていた猫だったが、ビアンカはアビタマを引き取ろうとは思わなかった。愛した男の飼い猫を自宅で飼い続ける勇気がなかった。アビタマとの暮らしはマイナスになるとしか思えなかった。家にアビタマをうろつかせてこれ以上涙腺を緩くさせたくなかった。

悲しみはいずれ時が解決するという言葉はある意味事実だが、アビタマを目にしながら生活する——生きていくことはビアンカにとって苦痛以外のなにものでもないというのが真実だった。

一方、事実はいとも簡単に現実に目を向けることを促す。

〈ビオス〉に連れて行かれるまでのあいだ、アークの家でビアンカと過ごした蜜月が永遠に続くと思ってくれていたかもしれないアビタマをよそに、人間はあれこれ算段していた。

ビアンカはアークの治療費を捻出したかった。

ジュジュは自分が元フォーヴだったことを当局——【ウラニア】もしくは【アリエナ】に訴えられたくなかった。

ジュジュを訴える？　法を犯した異星人を見つけましたからよろしくって？

そんなことをするメリットがなかった。まず金にならない。義務を果たしたという感謝状が贈られ、運転免許証その他の身分証明証等に優等市民を証明する《ランプロス》の刻印を押されるだけだ。仕事に差し支える。探偵稼業は裏社会と通じていなければやっていけない。ランプロスをもらった者は優等市民としてカロン政府に登録イコール監視されるわけだから――政府に監視するつもりはなくても《ランプロス・ファイル》に顔写真入りの個人情報を永久保存されるのだから同じ事だ――ヤクザ者がそんなおりこうちゃんを相手にしてくれるはずがない。

何よりジュジュには世話になった。アークの面倒をそれはよく見てくれた。違法だろうが何だろうが世話になった事実は残る。

取り引きを持ち出したのはジュジュだった。

カロン人の血液は宇宙では高値だからアークの治療費をまかなえるくらいの金を手にすることは簡単にできる。仲介してやるかわりに訴えるな。

訴える気はさらさらないということを話して聞かせ、ビアンカはジュジュに採血させた。

結果、大金を得てアークの治療を続けたがアークは死んだ。

ジュジュは看護師をやめ、フォーヴへ還ることも考えていた矢先、事故に遭って半身不随となった。

身障者になっても生きている限りフォーヴへの帰還は叶うが、ジュジュはカロンに骨を埋めることを選んだ。トラブルを抱えた元フォーヴの手助けをしたいというのが理由だった。ビアンカは言った。

〝元フォーヴがトラブルを抱えることはないんじゃないの？　ペットになれば必ず最期まで面倒を見てもらえるし、人間を選んでも犯罪に巻き込まれたり貧困にあえいだりといった大きな不幸に見舞われたりすることもないんでしょ？　病気になるのは自分が決めることなんだし〟

〝あたしはどうよ？〟

〝事故や自然災害に遭っても命を全うできれば生きていける。お金に困って人生を諦めることもない。あんたがそうじゃない〟

〝野生を選んだ元フォーヴたちはそういうわけにはいかないんだよ〟

フォーヴについてはできる限り調べ上げていたビアンカだったが、ペットではなく、フォーヴのままの姿で生きるという選択肢もあったということはジュジュと話して初めて知ったことだった。

数は少ないが、元の姿のままでカロンの在来種に溶け込みながら生きる、つまり野生動物を選んだ元フォーヴもいるという。本来の姿を変えずにおのれの才覚を試してみたいと思ったり、人間が暮らす星で自由に生きてみたいと思ったり、野生を選ぶ理由にもいろいろあるようだが、総じて命知らずの冒険心にあふれたフォーヴたちと言えた。野生を選ぶメリットは何もないからだ。人間にかわいがられて幸福な天寿を全うすることもできず、ギブアップしてフォーヴに還ることもできなかった。フォーヴにもギャンブラーがいたわけだ。でも――

〝その結果不運に見舞われたとしても自業自得じゃないの〟

〝野生を選んだ元フォーヴが訴える窮状は必ず人間絡みだ。在来種のあいだで持ち上がったトラブルを人間の手で解決してもらおうなどと思う元フォーヴはいない。諦念というものを持っているからね。あんたの言葉で言うならまさしく自業自得ってやつだ。あたしも野生のルールを曲げる気はない。あたしが助けたいのは人間のせいでトラブってしまった野生の元フォーヴなんだ。人間側の言い分があることもむろん承知している。だけどあたしは同胞の側に立つ。人間に痛めつけられている元フォーヴを見捨てることはできない〟

野生動物と人間の共存云々といったテーマは苦手だった。幸か不幸かそんなことを切羽詰まって考える機会に恵まれなかったからだ。ビアンカが気になることといえばせいぜい鳩や雀の糞公害、烏のゴミあさりくらいのもので、それとて本気になって対策を考えるほどのことではなかった。そこまで迷惑や怒りを感じたことがないからだ。

人間絡みのトラブルで困っている野生組《ワイルドクラス》の元フォーヴがいるという話を人間組《ヒューマノイドクラス》のジュジュにしたのがアビタマだった。話の中身までは教えてくれなかったが、ジュジュもアビタマから聞くまでそんな元フォーヴがいることを知らなかったらしい。ペットクラスのアビタマがなぜ知っていたのかも、ジュジュが教えてくれなかったからビアンカにはわからない。アビタマが元フォーヴかどうかすらジュジュは教えてくれなかった。アビタマがジュジュに天啓を授けたことだけは確かだった。

こうしたやりとりがあってのち、ビアンカとジュジュは手を組むことにした。

ビアンカには自分の血が宇宙のどこでどんなふうに使われたのかがわからない不安があったから監視目的でジュジュを手近に置いておきたかった。

ジュジュにはワイルドクラスの役に立ちたいという使命感があったから事情を知るカロン人――五体満足で自分の手足になってくれる人間が欲しかった。

ビアンカとジュジュは互いに互いの役に立つことにした。

この関係は今のところ文句なしだった。

ジュジュはとにかく便利屋だった。看護師として働いていたことに関係があるのかどうかわからないが、コンピューター通のネット通で、キーボードを前にして座ったまま世界旅行どころか宇宙旅行までやってのける。【ヴァリエタス新聞社】と【アクシア通信社】の名刺の偽造など問題ではなかった。運転免許証やパスポートでもやってのけただろう。なにせ元フォーヴだ。異星生命体だ。はっきり言って宇宙人だ。カロン人にはわからないやり方を心得ていて不思議はない。

ビアンカもジュジュにとっては似たようなものだった。ジュジュが行きたいところへ行き、話を聞きたい相手に話をさせ、必要とあらばワイルドクラスをジュジュの家まで連れて行くこともできる。畑の電網にかかったものの辛くも逃げ延びた猪は簡単だったが、猟銃で傷を負って山へ逃げ込んだ鹿を連れて行くのは金銭面でも骨が折れた。互助関係は対等だという認識があったからジュジュに請求書を出したことはない。

ビアンカとジュジュのあいだに雇用契約書などない。賃金を出すつもりも受け取るつもりもない関係だった。だからといって強固な信頼関係があるとも言えない。対等な互助関係というものが行き着く先はどこだろう？

それにしてもポケットの中のクソがさらに温かく――はっきり言って熱くなってきているのはなぜだ？

「ビアンカさん？」

声をかけられてはっとなった。回想に襲われていたことに気づいたと同時に訊くべきことを思い出した。キーワードはアビタマだ。アビタマの飼い主——

「アークと親しかった元フォーヴがどこの誰かを訊いてもいいかしら？」

カーラが口を開くより先に声がした。

「おれだよ」

聞き覚えのある大きな声に鳥肌の立つ思いだった。声はモルス・パーク本館の方から聞こえた。ポケットの中の狸の糞は温度を下げていった。カーラを見つめたまま、やっとの思いでビアンカは言った。

「あなた、アークとはどういった関係だったの、ケイル？」

「文字通りだよ。アークとはどうとは言わないよね？　文字で表せなんて無粋なことは言わないよね？」

ダイヤモンドのハンマーがガラスの塔を打ち砕く音が聞こえたような気がした。

アークへの愛は——ビアンカが愛したアークへの想いはケイルのそれより軽かったはずはないが、肉体的に結ばれなかったことがハンディになったりするものなのだろうか？

ハンディ？　ハンディって何？

恋敵が現れただけで恋した本人はいない。だから恋の敵《かたき》とはもう言えないし言うつもりもない。

振り返り、ケイルの顔を見つめた。アークのすべてを――文字通り肉体的なものも含めたアークのすべてを知っていた男、それがなんと――

「元フォーヴだったのね」

弱々しい声でビアンカは言った。ジュジュとケイルは顔を合わせたことがなかった。もし会っていたら、ジュジュはケイルが元フォーヴだと判っただろうか。判ったはずだ。元フォーヴ同士なら必ず判る。理由はむろん、元フォーヴ同士だから。

「アークとは北部にいたときに知り合った」

ムスタングまでやって来たケイルがカーラとともにカルボスをあいだにして立ってから続けた。

「おれはバイキュリアスだから戸惑ったけど不快感はなかったし、アークのことは大好きだったから誘われるまま、何度か一緒にアークの部屋で朝焼けを見た」

男女両方に恋愛感情を抱くが性的に惹かれるのは男のみというバイロマンティックと違い、バイキュリアスは男女両方に性愛感情を抱きうる。

カーラとももちろんそういう関係なのだろう。しかも元フォーヴ同士。アークと別れたケイルはカーラを選んだ。当然の帰結に思える。

今のビアンカが感じているのはセクシュアルアイデンティティなどくそくらえとい

うことだけだ。アークと性的に結ばれなかった悲哀もとうに灰燼に帰している。ケイルへの嫉妬など微塵もなかった。アークのことは大好きだったから――

「あなたは自由だわ、ケイル。雇用契約は破棄する。そのかわり、あたしを驚かせた責任を取ってもらう。情報としてではなく、記憶として」

「つまりあなたの胸だけにしまってもらう？」

「そう。データとして残したりはしない」

答えてビアンカはムスタングのドアを開け、上着の内ポケットから取りだしたコミュニケーターを座席の上に放った。写真、音声はもとより動画も持ち主の音声コマンド一つで撮ることができるコミュケを手放し、丸腰だとわからせた。ジュジュがくれた巾着袋だけが頼りだ。

「あなたにはお世話になった、ビアンカ先生。どうだろう、おれたちが人間をやめるところを見せることであなたを欺いていた責任を取るというのは」

それまで黙っていたカーラがケイルの腕をつかんで言った。

「いやよ、ケイル、あたしはいや」

「結構」

ケイルだけを見てビアンカは言った。

「あたしを欺いていたという自覚があるのね、ケイル」

「ええ。あなたには感謝しています、ビアンカ」

先生を省いたところに信頼関係を見た。不安そうにケイルを見つめているカーラは無視していい。ケイルが言った。

「お別れする場所へ案内します。カーラ、カルボスさんを頼んだ」

「待ってケイル」

ビアンカに堂々と対峙していたカーラが動揺もあらわに年相応の若さを見せて言った。

「勝手に決めないで。カロンを出るところをビアンカさんに見られるのはいやよ」

「ごねるなカーラ。カルボスさんには別れの挨拶を必ずしておかなくちゃならない。記憶の消し方は知ってるだろう?」

そうか。フォーヴへ還らないのだから病死以外の方法でカロン人をやめるわけだ。その場合、確かに身内の記憶を操作しておく必要がある。

つまりケイルもそうしてきたのだ。卒然とビアンカは気づいた。〈ヒュプノス〉から見下ろせる汽水湖のマリライ湖はここモルス・パークの海・淡水生物用のメモリアル湖として開放されている。アビタマは〈ビオス〉の墓で眠っているし——〈ビオス〉まで会いに行ったことはないが――ここへは仕事絡みで本館の事務所に立ち寄ったことがあるだけでパーク全体についてはよく知らないが、事務員とのやり取りでメモリアル湖なるものの存在を知り、なるほど海・淡水生物をペットにしていた人もいるのだと気づいたことを思い出す。

母親と姉の記憶を操作して――フォルミカにいる父親の記憶はどうするのか知らないが――十三時に出勤するつもりだったケイルはカーラの窮地を知って――ゾーンを使わなくても念の飛ばし合いができたのだろう――急遽この場へやって来たわけだ。十三時に事務所で顔を合わせていたらビアンカの記憶も消されていたかもしれない。その方法を知りたいとは思わなかったが興味がないと言えば嘘になる。

泣き出しそうな顔になったカーラは、しかしカルボスの腕をしっかりつかんでいた。家族でいてもらった人の記憶を操作するというのは心楽しい気分ではないだろう。

「カーラ？　わかってるだろう？」

再度ケイルに問われたカーラは不承不承うなずいた。父親だったカルボスの記憶を消すことよりカロンを出るところをビアンカさんに見られることのほうがずっとイヤらしい。

「マリライ湖で待ってるからな。行きましょう、ビアンカ」

ケイルのあとについて歩きながらカーラのほうへ目をやると、娘は父親の腕を優しく取って本館へ向かった。

ケイルはカーラが現れた雑木林沿いの石畳でできたプロムナードへ向かって歩いていく。このプロムナードの先にマリライ湖があるのだろう。並んで歩くことはしなかった。ケイルの背中を見ながらポケットに手を入れてジュジュの糞をつかんで歩いていたビアンカには謎のような不安、不安に思える謎があった。

Xはどうでる?

カーラが言っていた、カーラの追跡者――宇宙の彼方フォーヴからカロンの【レジェ】ルシオラ支部長を操っている存在はこの展開をどう見ているのか。カーラにできたことはXにもできているだろう。が、物理的にルシオラ支部長がここへ現れるには時間を要するだろう。支部長のスケジュールを適当に操作してからでなければここへ来させることはできないはずだ。公人の動きを操るのは記憶のそれよりずっと難しいのではないか。

Xがカーラを追っているならケイルもやはり追われているのだろうか。Xとはいったいどのような存在で、カーラとケイルは追われるような何をしたのだろう。

石畳の道が急に細くなって両側の樹木の枝が屋根のように覆い被さってきたが木漏

れ日が差しているので閉塞感はない。足下には陽の光がまだら模様を作っている。

「おれたちティエラへ行くんです」

ふいに視界が開けると同時にケイルが言った。マリライ湖が――正確に言えば湖の一部が――姿を現した。ビアンカは柵に手を掛けてしばし湖を見渡した。

開放感のある眺望だった。陽光を反射してキラキラと輝いている湖面の向こう、島影一つない彼方に見える青白い水平線が海を思わせる。

周囲は無人で、この景色を独り占めしている。厳密に言えば二人占めか。

柵の向こうはすり鉢状の傾斜になっており、ところどころにある灌木の茂みを縫うように生えている柔らかい草地が湖岸に続いている。

軽く息をついてから言った。

「ティエラへ行く理由を訊いても無駄のようね」

「おれたちにとってカロンは居心地が良すぎました。ティエラは後進星だから緊張感を持って生きていける」

柵に背を預けてケイルが言った。ビアンカが返す。

「ここでは油断を促されたとでも?」

「そういう言い方でわかってもらえるなら。棲みやすいカロンに長居してしまったせいで、そう、油断していました。あの人に見つかってしまった。見つかっていたことをやっと知った。カーラが【レジェ】に入り込んでくれたおかげで」

「あの人って?」

「カーラはXと呼んでいませんでしたか?」

「呼んでた。そのXがどこの誰で、どういう理由であなたたちが追われているのかを訊いてもやっぱり無駄なんでしょ?」

「ティエラはカロンにそっくりな美しい星だけど——それこそ言語に関してもほとんど違和感がないほど似ている不思議な星だけど——科学や文化の成熟度ではまだまだ発展途上にある星です。現在のティエラでは同性婚も認められていない。ジェンダーという概念がまだ育っていないんです」

ビアンカは黙っていた。聞きたいのはXについてだ、セクシュアルアイデンティティ云々ではない。ましてよその星の話など——

「それはフォーヴでも同じです。おれたち——おれとカーラはフォーヴでは禁じられている異種愛者なんです」

ややあってビアンカは答えた。

「同性愛者みたいな意味合いかしら?」

「そうです。フォーヴでは異種と愛し合うことは御法度なんです」

「窮屈なのね」

カロンでは同性愛者という言葉は死語だった。好きな者同士が何をしようが自由だ。ジェンダーという概念は憲法でも護られている。ティエラではそうはいかないということはビアンカも知っていた。あの星にはジェンダーという概念どころか言葉すら市民権を得ていない。

ところでフォーヴでいう異種愛というのはつまり、

「あなたとカーラはフォーヴでは違う動物――動物って言い方は？　そう、構わないのね――違う動物なのに愛し合った、それを罰しようとしているXから逃げている、そんな感じ？」

「そんな感じです」

柔らかな笑みを浮かべてケイルは答えた。

「逃亡先は初めからティエラにすべきでした。異星生命体に寛容なカロンは、だから居心地が良くてぬるま湯に浸かったまま、安心しきっていた。見つかるのは時間の問題だったのに。ティエラだったら緊張感を維持できていた。常にアンテナを張り巡らせて、やつの訪問にもすぐ気づいていたはずでした」

「やつ——Xはだから当然……フォーヴのお偉いさんね？」

「そんな呼び方ではそれこそ生ぬるい。フォーヴを牛耳っている存在です」

フォーヴには政府機関というものがない。ゼノという名の統治者がいるだけだ。その権力はもとより生命体としての能力は計り知れない。まるで弱点のない超生命体だ。そう習った。

そんな相手から追い回されるとは。

「実を言うと大目に見てもらえる異種愛もあるんです。だけどおれたちは——おれとカーラは組み合わさってはいけない関係だったんです」

組み合わさってという言い方は多分にセクシュアルなものを感じさせる。

「そんなおれたちの組み合わせを許して——許すどころか四神として敬意すら表してくれている星がティエラなんです」

罪と罰というものはどこにでもある。どの世界にも。そう。宇宙にも。

軽く深呼吸してビアンカは言った。

「Xは——ゼノはあなたたちをどうしようというの」

「わかりません」

ゼノという名をサラッと受け入れてケイルは言った。

「おれたちは憎まれている。それだけしか。ゼノに睨まれて無事だったフォーヴはいない。あのビッグ・フォアですらそうだった」

そうだ。与えられた仕事ができなかったというだけで消された。消す力がゼノにはあった。

「でもビッグ・フォアとあなたたちは、つまりその、格が違うわけでしょ？　同じフォーヴだけれど、超生命体のビッグ・フォアと普通のあなたたちを同列に扱うことは間違ってるんじゃない？」

「間違っているかいないかを決めるのはゼノなんです」

「そのとおり」

ふいに聞こえた不気味なバリトン――まったく不意を突いて聞こえた――の声にビアンカがうろたえた一瞬後、それまで柵にもたれて話していたケイルがゆっくりと体の向きを変え、両手で柵をつかんだかと思うと体操選手よろしくひょいと柵の向こうへ降り立った。

「ケイル?!」

ビアンカは柵をつかんで身を乗り出した。

「どこ行くの?!」

不気味な声の主が現れたのはケイルが湖に向かって斜面をゆっくりと下っていく最中だった。

ケイルしか見ていなかったビアンカはケイルが湖面へ向かって歩いていくのを見届けてから、新しく聞こえた声の主のほうへゆっくりと顔を向けた。

ビアンカから数歩離れた先の柵の前に一人の男が立っていた。スーツ姿で、スラックスのポケットに両手を突っ込んだまま、休めの姿勢で立っていた。中肉中背、どこといって特徴のない、ごく普通のカロン・ルシオラ人だ。

その男がビアンカと目が合ったとたん、にこやかに口を開いた。

「私のスケジュールのことまで心配してくれてありがとう、ビアンカ。だけど私は【レジェ】の支部長だ。自分のスケジュールは自分で管理できる。私がダメと言えばダメなんだよ」

背筋に冷たいものが走る。ビアンカの――個人の思考までリモートで読めるのか？

そんなことが――

「できるとも。私は**ゼノ**なんだから」

視線を引き剝がしてケイルの動きを確認する。ケイルは湖の縁――湖面の周囲に茂っている雑草を踏みしめて真っ直ぐ歩いていくところだった。

「ケイル!!」

無駄と知りつつ叫んだビアンカはすぐ振り向いた。

男がすぐそばに立っていた。ビアンカと並んで立ち、湖へ入っていくケイルを眺めている。そう。湖の縁をまたいだケイルはそのままゆっくりと水へ入っていった。

「まあごらん」

男が言った。

「おもしろいものが見えるから」

見えたあとに消される。拳銃を持ってこなかったことが悔やまれた。

ビアンカの眼は湖へ入っていくケイルの後ろ姿を追い続けた。ケイルはすでに腰まで水に浸かっている。

「【レジェ】ルシオラ支部長」

やっとの思いでビアンカが声を絞り出すと、

「ゼノで結構だよ、ビアンカ」

気安く呼ぶなと思った。水に浸かったケイルははや、肩から上を残しているだけだった。怒気を含んだ声でビアンカは言った。

「生命を簡単に消してしまうのね。なんであんたがそんな力を持ってるの」

「ゼノだからだよ」

「宇宙は公平だと思ってたわ」

「だから人間の世界には戦争や紛争があるんだろう」

「同性愛が同種愛でも、そんなことを理由に殺されるなんて」

「現在《いま》のティエラでは普通にあることだよ」

「ここはカロンよ！」

「これが何だかわかるかな？」

言ってゼノが差し出した手のひらには飴色をした、小皿大の陶器のカケラのようなものが乗っていた。大きな皿を割ってできたような、いびつな形だったが、やや黒みを帯びた黄土色にはつややかな光沢がある。魅入られたように見つめたビアンカは、なぜかすぐに答えられた。

「べっ甲」

「そう。カーラの形見だよ」

何を言われたのかわからなかった。

わかったとたん、軽いめまいに襲われて思わず柵にしがみついた。

べっ甲は亀の——海亀の甲羅の加工品だ。

そしてここは汽水湖——

ビアンカは湖面に目をやった。ケイルの頭部が沈んでいく。

その頭が沈む直前、ゼノがべっ甲を湖へ向けて投げた。

その遠投力は人間のそれを超えていた。

べっ甲は水没していくケイルの頭上にドンピシャリのタイミングで落ちた。

ケイルは頭の上にべっ甲のカケラを乗せて湖中へ消えた。

呆然と柵にしがみついていたビアンカの耳にゼノの間延びした声が聞こえた。

「そんなに一緒になりたいのなら、させてやろうと思ってね」

ケイルが沈んだ湖面から銀色の淡い光が立ち上った。光は空中で急速に何かの形を取りつつあった。

楕円状に広がった銀色光が形作ったものは亀だった。

その銀色の亀に、さらに細長い銀色光がゆっくりと巻き付いていく。

蛇だ。

銀色の蛇が銀色の亀に巻き付いた。リボンをかけるように。

しっかりとリボンをかけられた亀の銀色がひときわ明るく輝いた。

輝くにつれ、銀色は徐々に黒味を帯びていったが、その銀黒色はこの世のものとは思えないほど美しかった。いぶし銀という言葉とも違う。黒いビロードに銀色の星が溶け込んだような不思議な色合いだった。

　蛇に巻き付かれた亀は、ビアンカがその美しさに見とれている間に消えていった。ゆっくりと。空を流れる雲がいつの間にか形を変えていくような消え方だった。

「昇天した」

　ゼノが言った。ビアンカがゆっくりと振り向くと、【レジェ】ルシオラ支部長の姿をしているフォーヴの親玉がにこやかに続けた。

「なかなか素敵なショウだったろう？」

「カルボスさんはどうしたの？」

「帰宅の途に向かったよ。公共交通機関を使ってあなたの事務所にもどり、トドを運転して無事家に帰り着くだろう。娘がいたことも、あなたに会ったこともすっかり忘れてこれまで通りの日常に戻る。ほかに質問があるなら――」

「ないわ」

　覚悟を決めていたビアンカに、ゼノは――【レジェ】ルシオラ支部長はおどけたような笑みを見せた。

「いったい何をそこまで怖がっている？　言っておくがね、ビアンカ。私は頭のイカれた殺人狂なんかではないんだよ。あなたはカロン人という人間だ。フォーヴに――まあ、無関係とは言えないが――少なくともフォーヴに害を与える存在ではない。そんなあなたをどうこうするつもりはまったくない。たとえできたとしてもね。だから、ポケットに入っている元フォーヴのそれは、そうだな、想い出として持っていたらい。なにしろマモリーだからね」

　ジュジュのことも知られていた。この先ジュジュに何か良からぬ事が持ち上がればそれはゼノの仕業だと断言できる。

「それではこれでひとまずお別れだ、ビアンカ。支部長を自由にしてやらないと【レジェ】が迷惑するからね」

　きびすを返しかけた相手にやっとの思いでビアンカは言った。

「ビッグ・フォアのことを訊いてもいい？　新しく生まれたビッグ・フォアの教育方針を聞かせてほしい」

　振り向いた男は微笑って答えた。

「質問はないと言ったじゃないか」

　男の笑みに殺気を感じてビアンカは黙った。

　プロムナードを引き返す男の後をつけるようにしてビアンカもマリライ湖から離れ

た。

本館が見えるところまで戻ると一台の黒い車が待ち構えていた。従業員用駐車場に停まっていたローラだった。運転席から飛び出した若い男が手を振りながら大声で呼ばわった。

「支部長、急いで！　デクシア支店長との会食時間にぎりぎり間に合うかってとこですよ！」

デクシアといえばルシオラデクシア銀行だろう。銀行の支店長と会食とはいい身分だ。

「おお、悪かった！」

答えた【レジェ】ルシオラ支部長はあたふたと駆け出した。その動きにはこれまであったスマートさも威厳もなく、答えた声はそれまでのバリトンと違うテノールだった。

ゼノから解放された本当の支部長の背を、ビアンカは苦い思いで見送った。

ムスタングに乗り込んでエンジンをかける。カーラとカルボスの前に現れた支部長がどうやって父娘を引き離し、娘をどうやって元の姿に戻してその体の一部を手に入れたのか、考えるだに鳥肌の立つ思いだった。

事務所に戻ったビアンカはおのれを叱咤してデスクに座り、パソコンを起動させた。亀と蛇の組み合わせはティエラではゲンブという四神の一つに数えられるということは知っていた。ティエラにフォーヴについての知識があるかどうかをネットでずっと捜し続けていたからだ。

カロンには四神や四獣という言葉で崇められている動物はいない。その代わりビッグ・フォアという存在が学校の教科書に定番として載るほど認知されている。普通フォーヴは名しか持たないが、ビッグ・フォアは姓も持つ。ところがなぜか男性性のビッグ・フォアは姓、女性性は名で呼ばれることが慣例になっている、ということも教科書は教えており、試験の引っかけ問題としてたまに出される。

それはともかくカロン人がビッグ・フォアの一つ——学校で一構成体生物として教えられるゲンブは亀だけだった。

〝おれたちの組み合わせを許して——許すどころか四神として敬意すら表してくれている星がティエラなんです〟

ティエラにフォーヴについての知識があるかどうかを調べてほしいという依頼があったのは、カルボスから娘のカーラを【レジェ】から助け出してほしいと頼まれる前だった。

　ティエラとフォーヴの関連性を知りたがっていた依頼人、カウサ博士は先月、二百二十一歳の誕生日に老衰で亡くなったが、ビアンカは博士の遺言を忠実に守っていた。

　死期を悟って自宅療養を続けていた博士はある日ビアンカを寝室に呼んで言った。自分が宇宙の塵に還ったあとも仕事を継続してもらいたい。ティエラがフォーヴについてどの程度知っているのか、それともまったく知らないのか。あるいは、知りつつあるのか。

〝理由は訊かないという条件だったね。だから費用の心配もしなくていい。あなたの名義で作った口座にまとまった額を入れてある。軍資金が底を尽いたら調査を打ち切ってくれていい。集めた情報はこれまで通り私のパソコンに送ってもらいたいが、私が死んだあとはこれに保存してもらいたい〟

　そう言って博士はルシオラアナトレー銀行のキャッシュカードと、モバイルデバイスのビブロスAN——通称ビバァンをビアンカに手渡した。博士の死後、このビバァンにティエラとフォーヴの情報を蓄えることがビアンカの仕事になった。銀行預金で通信費が払えなくなるまで。

　外宇宙とのネット通信は【アリエナ《異星交信局》】の認可を得ればヒューマノイドが存在する銀

河系に限り可能だったがその通信費がばかにならない。認可を得るまでにも申請理由の審査や身分証明証の取得などに高額な費用が発生する。ティエラ銀河系へのアクセス許可を個人で得るのはかなり難しいのだが、カウサ博士がビアンカへの正式な信任状を作っておいてくれていたのでややこしい手続きを我慢するだけですんだ。どだいこうしたコネでもなければビアンカのような一般人に認可が下りるはずもない。

かくてデバイス一台に限られたティエラ銀河系アクセス権を取得したビアンカのビバァンはカロン政府の監視下に置かれた情報端末として登録された。個人情報は完璧に護られるが閲覧履歴は筒抜けだから違法サイトはむろん、下手なサイトにアクセスすれば恥をかく。

文庫本サイズ型で人気を博していたビブロスが満を持して発表したビバァンはホログラム搭載の最新型で、ノートパソコンサイズの画面を宙に映し出し、バーチャルキーボードを使って作業ができる。個人情報は指紋と声紋に加えて網膜走査で保護される。カードリーダーもついているからキャッシュカードを通せば残高の確認はもとより銀行へ行かずに預け入れも引き出しもできる。

こうした安全性とキャッシュレス機能を備えた未来型タブレットとして脚光を浴びたビバァンだが、カード決済を好まないビアンカがビバァンを持ち歩くことは滅多になかった。キャッシュレスが身につかないのはなぜだろう。人間が古いからだろうか。

　カウサ博士の死後、ビアンカは黙々と仕事を――ネットサーフを続けた。ほかに手立てがなかった。ジュジュの協力を仰ぐことはしなかった。借りを作りたくなかったからだ。

　ティエラでフォーヴを扱ったアーカイブを見つけ出したのは博士が亡くなってすぐだったが、それも何かの縁だったのか。

　四獣や四神というワードでは引っかかりすぎて無駄な時間を費やした。青い龍のセイリュウ、赤い鳥のホウオウ、白い虎のビャッコ、黒い亀のゲンブ――これらはまさにビッグ・フォアの見た目そのものであり、呼び名もカロンと同じだが、フォーヴという言葉がティエラで市民権を得ているかどうかはわからなかった。

　フームスを吸いながら真っ先にアクセスしたサイトのログイン画面にＩＤとパスワードを打ち込んだあと、現れたページにビアンカは息をのんだ。

ポータルサイト・ティエラ９へようこそ
ご利用ありがとうございます
残念ながらあなた様のパスワード有効期限は切れています

ログイン情報の再設定をお願いします

そんなはずはない。９のパスワード有効期限は三ヶ月で、切れる十日前にメールでその旨の通知が送られるよう設定した。つい昨日もアーカイブ検索をしたばかりだ。試しに期限一年の７へ飛ぶとログインできた。期限半年の８も。

９へ戻って再度ログイン画面にパスワードを入れ、アクセスを試みたが、

ポータルサイト・ティエラ９へようこそ
ご利用ありがとうございます
残念ながらあなた様のパスワード有効期限は切れています
ログイン情報の再設定をお願いします

ログイン情報の再設定ということはビアンカの個人情報を再度教えることにほかならない。

ビアンカはすぐにパソコンをシャットダウンした。ティエラとフォーヴを関連付ける情報を載せているのは９だけだった。やっと〈ティエフォ〉のタグを見つけて片っ

端から閲覧するつもりだったのに。

フームスを投げ捨ててデスクのパスワードロック式の抽斗からビバァンを取り出し、網膜走査で起動させ、あらためてポータルサイト・ティエラ9にアクセスする。

できた。9に入ることができた。そのことを確認しただけですぐビバァンを切った。

カロン政府の監視下にあるビアンカのビバァンで9に入ることまではさすがに阻止できなかったとみえるが、油断はできない。相手はゼノだ。ビバァンで9の閲覧を続けることは危険ではないか？　支部長の眼を通してビアンカの眼を見たのだから網膜走査も安全とは言えないのでは？

ここのパソコンで9に入ることを阻止できたゼノはビアンカの家のパソコンでも同じ事ができると考えていい。

事務所《ここ》のパソコンは廃棄したほうがいい。自宅のも買い替えよう。痛い出費だが仕方がない。過去の検索履歴を知られる危険には代えられない。一つはっきりしたことがある。

ゼノはビアンカがティエラとフォーヴの関連性を調べることを良しとしていない。

なぜだろう？

# ヴィオレ

　フロンスが南部へ転勤することになったので担当を代わりました。言って名刺を差し出した若い女性をヴィオレは無遠慮に見つめた。担当。フロンスの代わりに担当する。自分を担当する記者がいるとは思いも寄らなかった。【ヴァリエタス新聞社】とはいい加減縁を切りたいと思っていたのに。

「フロンスさんはまだゼノにご執心ですか？」

「はい？」

　再度同じことを訊くと相手はキョトンとした顔で、

「ゼノって、あのフォーヴのゼノのことですか？」

　ゼノと言えばフォーヴに決まっているではないか。ヴィオレはあらためて名刺を見た。

《ヴァリエタス新聞社　ルシオラ東部支局 宇宙科学部記者 フェミナ・ラーナ》

「そうですよ。彼にゼノについて意見を訊かれました。ひどくゼノにこだわっていたように見受けられました」

「そうだったんですか。あたしは文芸部にいたので宇宙科学部にいた彼が先生にどういった趣旨のご質問をしていたのかよくわかりません、すみません」

それは引き継ぎがきちんとできていなかったということですませられる。畑違いのところへ行かされたのも経験を積ませるためだろう。それはいい。

「私はこの先もずっと【ヴァリエタス新聞社】に追い回されることになりますか?」

「追い回すというのは違うと思いますけど、先生については、ええっと、上から目を離すなと言われてます。フロンスがそうでしたからあたしもそうさせて頂くことになります」

「私に張り付いたところでたいした記事にはならないと思いますよ」

「でも宇宙科学部長は【レジェ】支部長と懇意にしているので」

くったくのない笑顔でラーナは言った。

「なのでヴィオレ先生とのご縁を失いたくないとのことでした」

「私は【レジェ】とは何の関係もありませんが」

「宇宙を研究しているかたは【レジェ】と無関係とは言えません」

かもしれないが、ルシオラ大学は【レジェ】とは距離を置いている。いくら公的に認められているからといって宇宙平和のためというお題目を唱えればどんな情報も得られると考えている民間団体にそうそう愛想良くもしていられない。

「部長は現象学より心理学のほうに興味があると言ってましたし、それよりもなお、ヴィオレ先生の宇宙に対する感性に惹かれると言ってました」

そうか。そうだ。ラウァーレに水をやるのを忘れていた——微笑んでヴィオレは言った。

「わざわざご挨拶に来ていただいてありがとうございます。講義の準備がありますので」

「お忙しいところ失礼しました」

言って下げた頭をすぐ上げたラーナはじっとヴィオレの顔を見るとにっこりして、

「写真で見るよりずっとおきれいですね。お近づきになれて嬉しいです」

ラーナと別れてからカウサ博士とのメールのやり取りを思い起こした。博士からのメールで強く印象に残ったものが、まるで博士と会話したように甦った。博士の声がはっきりとヴィオレに届いた。

〝ゼノの眼は間違いなくカロンに届いている。証拠はないが、四大と密接な関係にあるカロンが四獣の長であるゼノの監視の目をくぐれているとは思えない。カロンにいる元フォーヴを使った遠隔監視《リモートモニタリング》などお手のものだろう。こちらの思考も読み取ってしまうほどの力だと思っていていい。何せ相手はゼノだ。そのゼノに使われている元フォーヴをこちらが見抜くことはできない。目の前にいる人間が元フォーヴかどうかもわからないのにゼノの手下になっているかどうかなんてわかりっこないからね。だから、これは妙だと気づいたときは疑念ではなく疑念を表す別の言葉を思い浮かべてその場を切り抜けることだ。たとえば植物のラウァーレ。ティエラではラベンダーと呼ばれて花言葉もいくつか持っているが、そのなかに〝疑念〟がある。ラウァーレを思い浮かべることで自分に警告を発し、相手と別れることだけを考えることができる〟

ヴィオレ先生の宇宙に対する感性という言い方が妙に引っかかった。フロンスとのやり取りを思い出す。

〝ゼノがこれこれこういう存在だという証拠、証明が欲しいのではありません。教授個人の考えが知りたいんです〟

〝ゼノについては何の考えも意見もありません。ただ、ゼノを人間になぞらえた上で一つ言えることがあるとすれば非常に厳格な人だろうとは思います。掟破りを極端に嫌う、融通の利かない人。これが私のゼノに対する——考えではなく、感想です〟

フロンスがボイスレコーダーを隠し持っていたとしても不思議には思わないが、ゼノを宇宙に置き換え、感想を感性と言い換えられては——言い換えられたように感じた——不気味に思える。

カフェテリアの外へ出たヴィオレは名刺を裂いて風に飛ばした。

# ペンナ

「【アクシア】さんが来てるそうですよ。先生にどうしても会いたいって」

またあの男か。しかも同じく帰宅しようというタイミングで。

「イニティウム賞の話題はとっくに賞味期限切れだと思いますけど」

「取材ではなくお礼に来たと言ったそうですよ」

「何のでしょう?」

「それは——取材を受けてくれたことに対するお礼じゃないでしょうか」

「通信社の記者ってそこまで律儀なものでしょうか」

「配信が好評だったんじゃないですか。先生の話をもとに書いた記事で当たりを取ったから挨拶しておきたいと思ったのかもしれません」

言って自分のデスクに着いた教務課主任はパソコンを起動させながらペンナに目をやって続けた。

「気が進まないのなら事務室へコム《連絡》しなさい。無理に会うことはないのだから」

ペンナはデスクの抽斗をかき回して名刺を見つけた。

《アクシア通信社　ルシオラ東部支局 記者 ウィル・テルグム》

校内用通信機《インタータブレット》を操作し、テルグムさんには申し訳ないが部活の例会に出なければならないので帰ってもらってくれという内容のチャットメールを事務室へ送った。数秒後に届いた返信には、

〝テルグムさんではなく、ラーナさんというテルグムさんの後任の記者さんです。引き継ぎ方々テルグムさんがお世話になったお礼をどうしても会って伝えたいから会が終わるまで待つとおっしゃるので来客用待合室《ヴィジターズルーム》へご案内します。よろしいでしょうか？〟

テルグムの後任に引き継ぎの挨拶などされるいわれはないのだが。エントランスの横に設けられているヴィジターズルームは天井がガラス張りになっており、国語科教員室がある二階の渡り廊下から見下ろせる。

事務室へ〝わかりました、そうして下さい〟と返し、タブレットを切ってショルダーバッグを掛け、主任に挨拶をして国語科教員室を出た。

部活があるのは事実だが例会は来週だ。合宿はともかく宇宙研究部の顧問が校内の部活に顔を出すのは例会という名で部長が不定期に主催する茶話会と、まさに定例

会である月末の活動報告会、あとは何かトラブルがあったときくらいで、顧問本人は帰宅部に属している。イニティウム賞を獲ったからといってペンナが忙しくなることはなかった。受賞の有無に関係なく、部員が信頼の置ける優秀な生徒たちであることはよくわかっていた。

とりあえずペンナは部室へ向かった。吹奏楽部の中途半端な音色を遠くに聞きながら渡り廊下を歩いていたとき、前方から手を振って駆けてくる二人の女子生徒を認めて足を止めた。二人とも小さなエコバッグを片手に提げている。一人が先生！　ちょうどよかった！　と言い、一人が廊下の窓に歩み寄った。急用ができたから帰りますって。あ、ほら、あの人。一人が窓を見下ろして手を振り、一人がペンナに名刺を差し出した。

《アクシア通信社　ルシオラ東部支局 記者 フェミナ・ラーナ》

「購買部からの帰りにエントランスを通ったら声をかけられたんです。宇宙研究部の顧問をしている国語科のペンナ先生を知りませんかって」

「よく知ってますって答えたら名刺をくれたんです。先生に渡してくれって」

名刺を受け取ったペンナは女子生徒に挟まれる形で窓の外を見下ろした。

遠目に見ても二十歳代後半かと思われる若い女が顔を上げて手を振っていた。ペンナと目が合うとにこやかに頭を下げた。ペンナも軽く会釈を返した。テルグムの後任記者は颯爽とヴィジターズルームを出て行った。

「急用としか言わなかったの？」

会が終わるまで待つと言っておきながら。

「はい。先生にはとても会いたそうにしてましたけど」

名刺を差し出した生徒が言った。

「また出直しますって」

もう一人が言った。言ってからくすぐったそうな笑みを浮かべて続けた。

「きれいな人でしたよね。先生とはタイプの違う美人さん」

自分はもう帰るが何かあったらメールしてくれと言うと宇宙研究部の部員二人は、わかりました！　と明るく答えてエコバッグをふりふり渡り廊下をもと来たほうへ戻っていった。

ペンナは持っていた名刺を二つ折りにしてヴィジターズルームの誰もいないガラスの天井を見下ろした。

## ピオン

「何だか感じが変わりましたね、先生」

「おや、そうかい？」

「はい。初めて会ったときより、なんて言うか、柔らかい感じがします」

「え〜。じゃあ今の僕はフニャフニャかなあ」

「いいえ。そういう意味ではなく」

だったらどういう意味だろう？　ピオンは困惑していた。【レジェ】支部長は初対面のときとは明らかに雰囲気が違っていた。こんなくだけた人ではなかった。もっとテキパキとしていて、もっと──鋭い人だった。

「ともかく、引き受けてくれるね？」

ニコニコしながら支部長が言った。

「毎年優秀な人材が集まってくれて嬉しい限りだけれども、今年度の新会員の中ではピオンさんがダントツの成績だったからね。最年少記録を塗り替えたんだよ、新会員代表挨拶者の」

【レジェ】の新会員歓迎会で新会員代表挨拶をしたピオン以前の最年少者は十歳だったという。

「だからって、あなたより年長の新会員からの妬みとかいじめなんかを心配することはないからね。そんなことを気にするような人間を選ぶような【レジェ】ではないから」

むろん、そんな心配などしていない。新会員代表挨拶をする者に選ばれるのはその年の入会審査を首席で通った者だということは【レジェ】入会を目指す者たちのあいだでは暗黙の了解だ。たとえ妬みそねみがあったところでそんなものを意に介するようなピオンではない。

もともと【レジェ】の会員になることにさして励んでいたわけではなかった。ただ奇妙な使命感めいたものに突き動かされていただけだった。たとえばティエラ銀河系についても、ピオンにはわかりすぎるくらいわかっていることが周囲の大人たちにはなぜわからないのかといういらだちがあっただけで、母親や学校の先生に勧められるまで【レジェ】に入ることなど考えたこともなかった。【レジェ】について調べるうち、自分の居場所はここなんだと納得できたから入会を決心した。自分自身にとって、退屈な学校にいるよりずっと建設的な居場所だと思った。
何よりピオンは宇宙が大好きだった。
そう。
学校よりも友達よりも、家族よりも。
中でも特にティエラが。
何よりピオンはティエラを愛していた。
そう。
カロンよりも、自分よりも。

# ティエラ銀河系　フォーヴ

〝――とまあ、こういうわけで、ティエラのゲンブはああいう姿として認知・認識されることになったのだよ〟

「でも、どんな事情があったとしても、ゲンブだけ二つの生き物っていうのは違和感があるなあ」

「あら、見た目なんてどうでもいいわ。カメとヘビが添い遂げた、大事なのはそこじゃない？」

「見た目をどうこう言ったわけじゃない」

「ゼノも気を利かせたよね。ちゃんとティエラへ行かせてあげたわけだから」

「だけどそのカメとヘビが喜んだかどうかは別の話だな」

「だっておかげでティエラのゲンブとして広く知られることになったんだし」

「なにせビッグ・フォアの一つだものね」

「それを言うなら一体」

「いいじゃないの、呼び方なんてどうだって」

「そうよ、あたしは一匹でもちっともかまわないわ。どんな呼び方をされてもあたしはあたし。呼ばれ方であたしが変わるわけじゃない」

「それはそうだけど、あの星に感化されすぎているかもしれない。ティエラはまだまだ発展途上惑星だよ。カロンだってそうさ」

「でもカロン人はあたしたちのことを知ってるわ。違う銀河系にいるのに」

「カロン人は特殊なヒューマノイドだもの。オーシャンと遠戚関係にあるんだから」

「なのにまだまだ？」

「うん。そりゃ、フォーヴもちろん、ビッグ・フォアのことだって知ってるさ。だけどゼノのことは知らない。そうでしょう？　ゼノ？」

軽い笑い声が室内に響き渡った。

〝カロン人はビッグ・フォアのことも本当はよく知らないんだよ。知っている、わかっている、そういうつもりになるのがヒューマノイドは得意だからね。よし、今日の会合はこれくらいにしておこう〟

ふっと肩の力が抜けた。ゼノの監視が完全に解けたことを彼らは知った。今このときから就寝時間まで、彼らは完全に自由だった。それぞれのねぐらへ帰るまでに与えられたフリータイム。

ゼノはどこまでもフェアだった。

彼らの言動を四六時中見張ったり、情報の出し惜しみをしたりはしない。彼らの意志やプライバシーの自由を尊重し、彼らの疑問には必ず答えてくれる。答えられない、あるいは答えたくないことであれば正直にそう言って、決してはぐらかすことはしなかった。

ゼノはどこまでもフェアだった。

この点についてはさんざん話し合い、今また話題に上ったのは、ゼノがティエラについて——ティエラのゲンブについて話したからだった。

「でなきゃ面白くないからさ」

大あくびをしてロイが言った。

「おれたちをマリオネットにできるんだったら三美神の調和だって自分でできるはずだ、なにもおれたちをこき使わなくたって」

「あんたはそう言うけど」

テスタが言った。

「あたしには自信がないわ。自分がビッグ・フォアの一つになるなんて」

「もうなってるよ、姉さん。だからおれたちこうしてここにいる。だろ？　姉貴？」

「ずっと気になってたんだけど」

ミラが言った。

「私は〝姉貴〟でテスタが〝姉さん〟なのはなぜなの？」

「テスタは長女であんたは次女だ。どっちも姉さんと呼んだら区別がつかないから――」

「ティエラのゲンブがカメとヘビというのが気になるな」

ロイの言葉に覆い被せるようにデュークが言った。テスタだけを見て続けた。

「ティエラと関わるようなことがあれば、そのときは用心するべきだ」

「ええ。わかってる。関わるようなことがないことを祈るわ」

「ティエラは嫌い？」

赤毛のミラが訊ねると、黒髪のテスタは目線だけをミラへ向けて、

「好きよ。きれいな星だもの。だけどビッグ・フォアの認識がないから不安なの」

「そうね。でもヒューマノイドの星だから三美神の候補には入る」

「そうよ。先のビッグ・フォアはティエラ人を相手にして失敗した」

「おれ思うんだけど」

白髪のロイが小指で鼻の穴をほじりながら言った。

「ティエラ人は一番のターゲットじゃないかなあ。もしフォーヴがカロン銀河系にあったら、三美神候補は間違いなくカロン人だったさ」

「銀河系の名を代表してるから、なんて言わないわよね？」

テスタが言うと、ロイは微笑って、

「おれ、ティエラ銀河系でヒューマノイドの星をほかに知らないんだ」

「確かに」

それまで黙っていた青髪のデュークが自分の手の爪を見つめながら言った。

「ティエラ人は最有力候補だと思う。ビッグ・フォアの存在を知っているカロン人にそれはよく似たヒューマノイドだし、何より先のビッグ・フォアが挑んだ相手だ」

「そら、兄さんがおれに一票だ」

言って二人の姉を交互に見た弟を、テスタもミラも無視した。

デュークが言った。

「疲れたから水に浸かりたくなった」

「賛成。あたしも行くわ」

デュークとテスタが部屋を出て行き、ロイとミラがあとに残った。

「そんな浮かない顔をするなよ、姉貴」

顎の下をボリボリかきながらロイが言った。ミラは肩にかかっていた炎のような色の髪をさっと払って、

「自分の部屋に帰るわ」

言い置いて出て行く姉の背を、ロイはあくびをしながら見送った。

END

# あとがき

宇宙が自身を成長・発展させるために優れた生命体をエネルギーとして取り込む。そんな私的な空想を読み物として形にしたいと思い、その出発点として書いた話です。

むろん宇宙に取り込まれる優れた生命体はティエラ人＝地球人になるわけで、その仕事をする新生ビッグ・フォアが今後どのようにして地球人と関わっていくのか、彼らはどんなふうに地球人を宇宙に供する（殺す）のか、何より果たしてそんなことができるのか？

それはまた別の話ですが、宇宙の糧にされる地球人については、ある程度キャラクター設定ができています。

〈三美神〉と呼ばれるので三人です。

日本人ですが、モデルは『三国志演義』。

はい、あの三人です。

宇宙は優れた生命体を三つご所望なので、三という数字にピタリとはまるのはあの三人しかないと思いました。

というのは後付けで、実は初めから『三国志』を下敷きに、〝宇宙を舞台にした『三国志』的な物語〟を書きたいなあと思っていました。

私は『三国志』に詳しいのではなく、ただ単に好きなだけです。

コナン・ドイルのホームズ作品が二次創作物と区別するために聖典（正典）と呼ばれていることにならえば、

私にとっては吉川英治氏の『三国志』が聖典で、

勉強になったのが陳舜臣氏の『秘本三国志』、

大好きなのが酒見賢一氏の『泣き虫弱虫諸葛孔明』です。

私にとっての『三国志』はこの三氏の作品に尽きます。

この三作品に加え、ヴィジュアル版で圧倒されたのが中国ドラマの『三国志 Three Kingdoms』でした。

『三国志』の私的ヴィジュアルを固定してくれた作品でした。『三国志』キャラのこれ以上の視覚化は私の中ではあり得ません。

以上の諸作からインスパイアされたのが〈三美神〉で、この三人を宇宙に供する役目を負ったのが四神に設定した本作の、まだ幼い〈ビッグ・フォア〉です。

彼ら〈ビッグ・フォア〉が無事に成長して、〈三美神〉を主役とした〝私的三国志〟を形にする力を与えてくれることができればと思っています。

著者プロフィール

**葉月 綾子**（はづき　あやこ）

大阪府出身。1990年龍谷大学文学部卒業。三重県在住。

推理、SF、ホラー小説を読むのが好きで、TVドラマのファン・フィクションを書くのが好きだったが、『三国志』の面白さを知ってそれをベースにした創作を思い立ったところからオリジナルを書くことが好きになった。

## 銀河夜話

2022年 8 月15日　初版第 1 刷発行

著　者　葉月 綾子
発行者　瓜谷 綱延
発行所　株式会社文芸社
〒160-0022　東京都新宿区新宿1－10－1
電話　03-5369-3060（代表）
03-5369-2299（販売）

印　刷　株式会社文芸社
製本所　株式会社MOTOMURA


ISBN978-4-286-23905-7